GEORGES FOUREST

# CONTES POUR LES SATYRES

*D'ailleurs et j'en préviens les mères de famille,*
*Ce que j'écris n'est pas pour les petites filles*
*Dont on coupe le pain en tartines.*

TH. GAUTIER. (Albertus)



ALBERT MESSEIN, ÉDITEUR
19, QUAI SAINT-MICHEL, PARIS - 1923

## Dernières Nouveautés

**MARQUIS D'ARGENSON. — Correspondance du Comte d'Argenson,** Ministre de la Guerre : *Lettres de Marie Leczinska et du Cercle de la Reine.* Préface de M. PIERRE DE NOLHAC. Un vol. in-8 écu. . . . . . . . . . . . . . . . . . . . **10.** »

**PAUL VERLAINE. — Correspondance** publiée sur les manuscrits originaux, avec une préface et des notes par AD. VAN BEVER. Tome I^er^ (lettres à Ed. Lepelletier, Valade, Poulet-Malassis et Em. Blémont. Un volume in-16 sur papier alfa, broché. **9.** »

*LES MANUSCRITS DES MAITRES*

**ALBERT SAMAIN. — Polyphème.** Reproduction en héliogravure du manuscrit original. 1 vol. petit in-4° orné d'un portrait tiré sur chine. 50 exemplaires sur Japon Impérial. . . . **88.** »
et 950 exemplaires sur Vélin (tous numérotés) . . . . . **44.** »

**PAUL VERLAINE. — Fêtes Galantes.** Reproduction en taille-douce du manuscrit original, avec un portrait gravé d'après FANTIN LATOUR. Avertissement d'ERNEST DELAHAYE, tiré à 49 ex. sur japon à. . . . . . . . . . . . . . . . . . . . . . . . **88.** »
et 950 exemplaires sur beau vélin, tous numérotés . . . **33.** »

**ERNEST DELAHAYE. — Verlaine.** *Etude biographique.* Un fort volume in-8° de 550 pages (*Couronné par l'Acad. Franç.*) **10.** »
**— Rimbaud,** *L'Artiste et l'être moral.* 1 vol. in-16. . . **7.** »

**CHARLES MORICE. — Le Rideau de Pourpre.** Poèmes. Portrait gravé d'après Eug. CARRIÈRE. 1 vol. in-12. . . . . **7.** »

**LOŸS LABÈQUE. — Poèmes Visionnaires.** 1 vol. in-12. **7.** »
**— Poèmes Primitifs.** 2^me^ édition . . . . . . . . . . . **4.50**
**— Poèmes Expiatoires,** *Terres, Enfers, Purgatoires, Paradis.* 1 vol. in-12 broché. . . . . . . . . . . . . . . **5.75**

**PAUL GÉRALDY. — Les Petites Ames.** Nouvelle édition. 10^e^ mille. Un volume in-12. . . . . . . . . . . . . **5.75**
**— Carnet d'un Auteur Dramatique.** Tiré à 500 ex. sur papier d'Arches, numérotés . . . . . . . . . . . . . **10.** »
et sur papier Japon . . . . . . . . . . . . . . . . **44.** »

**CLAUDE FARRÈRE. — Trois Promenades.** Tiré à 500 ex. sur papier d'Arches, numérotés. . . . . . . . . . . . **10.** »
et 40 ex. sur Japon . . . . . . . . . . . . . . . . **44.** »

# CONTES POUR LES SATYRES

## DU MÊME AUTEUR

---

**La Négresse blonde** (1909). Messein, éditeur (*Epuisé*).

» (1911). Crès (*Epuisé*).

» (1919). La Connaissance, avec portrait de Villa (*Epuisé*).

» (1919). La Connaissance (*Epuisé*).

» (1929). avec tatouages de Lucien Métivet (5 *édit.*). La Connaissance.

*A PARAITRE* :

**Le Nain et le cochon sous le crâne du poète** (Vers).

---

GEORGES FOURBST



# CONTES
## POUR LES
# SATYRES

■ ■ ■

*D'ailleurs et j'en préviens les mères de familles,*
*Ce que j'écris n'est pas pour les petites filles*
*Dont on coupe le pain en tartine.*

*TH. GAUTIER.*

PARIS
ALBERT MESSEIN, ÉDITEUR
19, QUAI SAINT-MICHEL, 19

—

1923

IL A ÉTÉ TIRÉ DE CE LIVRE :

*10 exemplaires sur Japon, numérotés 1 à 10*
*20 exemplaires sur vergé d'Arches de 11 à 30*
*1000 exemplaires sur Vélin de 31 à 1030.*

N°

A VOUS

ET A VOUS SEULS

SATYRES, FAUNES ET SYLVAINS

J'OFFRE

CES CONTES QUE DÉDAIGNERA

LA GRAVITÉ

DE NOS LABORIEUSES GÉNÉRATIONS

G. F.

LE

# NOUVEL ORIGÈNE OU LE RUT VAINCU

---

*Anecdote symbolique et préliminaire*

*en forme de pseudo-sonnet*

# LE NOUVEL ORIGÈNE
## OU
# LE RUT VAINCU

═

*Anecdote symbolique et préliminaire*
*en forme de pseudo-sonnet.*

—

> *Les effets de la castration sur les animaux sont bien connus : ils ne sont pas autres chez l'homme.*
>
> TH. RIBOT (*Les maladies de la personnalité*).

*Il avait, ce soir-là, défloré mille vierges*
*De diverses couleurs et, suivant les leçons*
*Des Pentapolitains, huit cents jeunes garçons*
*Parmi lesquels le fils — horreur ! — de ses concierges !*

*Mais il ardait toujours ! ahanant, frénétique,*
*Il investit des boucs et des rhinocéros,*
*Des lynx, des sphynx, le Dieu-Serpent d'Abonotique !...*
*Et toujours il flambait sur le brasier d'Eros.*

—

*Et toujours le désir mordait sa génitoire,*
*Et vers le firmament l'orgueil ostentatoire*
*De son membre viril se dressait ! « Par Mithra ! »,*

*S'écria-t-il « ô Rut, générateur des mondes,*
*« Bâtard du Vouloir-Vivre, à nous deux Rut immonde ! »*
*Il dit, s'arma d'un bon rasoir et se châtra.*

# LE LOUP-GAROU

# LE LOUP-GAROU

*Humes plusieurs garwall devindrent*
*Garwall si est beste salvage,*
*Tant cum il est en bele rage*
*Humes devore ei grant mal fait*
*En grants forests converse et vait.*

Marie de France.

— Vicomte, demanda soudain la duchesse d'Azincourt, pourquoi donc, chaque année, disparaissez-vous du premier dimanche de l'Avent au saint jour de Noël ?

— C'est, Madame, répondit le vicomte de la Mauvandière, toute une histoire que je vous conterais volontiers si d'ailleurs je ne craignais que vous la prissiez pour un conte.

— Les contes, Monsieur, sont faits pour être contés et les vicomtes pour les conter, témoins le vicomte de Chateaubriand, le vicomte d'Arlincourt et...

— Et vous oubliez, Madame, le comte de Villiers de l'Isle Adam qui en publia de si cruels !

— Trêve de mauvaises pointes et... narrez, Shéhérazade !

— J'obéis... Durant les dernières années du règne glorieux d'Henri-le-Grand, la maison de la Mauvandière, d'où j'ai l'honneur d'être issu, reconnaissait pour chef le marquis Aramante, fort honnête gentilhomme, sur toutes choses entiché de sa noblesse, laquelle, à dire le vrai, ne brillait pas entre les moins anciennes et les plus obscures de la Monarchie : fort médiocrement accommodé des biens de fortune et voulant de ses deux fils transmettre à l'aîné l'intégralité de son patrimoine, il avait fait d'église le puîné Gabriel qui, s'étant rendu moine aux Carmes déchaux, ne feignit à se hausser aux plus éminentes dignités de cet ordre fameux ; Alcindor, cependant, frère aîné de ce dévot personnage, tenait à la Cour état d'homme à la mode que les dames, la plupart, voyaient d'un œil fort doux, moins encore peut-être pour le charme de son esprit et les grâces de sa personne, que pour le renom où il se magnifiait du plus grand « *abatteur de bois* » (1) qu'on sût d'Alger à Brest. La Cour et la Ville retentissaient à l'envi de ses prouesses amoureuses et l'on citait de ce nouvel Hercule des travaux qui faisaient rougir toutes les femmes, pâlir tous les amants, jaunir tous les maris. Sur une telle réputation, vous imaginez assez que l'heureux Alcindor trouvât peu de cruelles et, sans doute, n'admirerez-vous point qu'il ne marquât nulle impatience de quitter pour les lourdes chaînes d'hyménée les liens légers de la galanterie. Aussi le soc du temps..... »

— « Le Soc ! » interrompit en cet endroit Mme d'Azincourt, « le Temps est-il donc laboureur ? Je croyais qu'il ne sût que faucher. »

— « Faucher, Madame, labourer, moisson-

(1) Tallemant des Réaux.

ner, le Temps s'acquitte au mieux de tous travaux agricoles. Aussi, dis-je, le soc du Temps avait-il sur le front d'Alcindor creusé le sillon du cinquantième automne, quand le vieil Aramante lui prescrivit d'avoir lignée et de ne vouloir demeurer l'ultime rejeton d'un arbre dont les racines se perdaient aux plus secrètes profondeurs de notre sous-sol historique. Aveuglément soumis aux volontés d'un père, et d'aventure, quelques défaillances lui montrant l'heure venue de faire la retraite, notre célibataire ne résista point à abjurer sa misogamie et sollicita la main de Bérélise, fille unique du baron d'Estrignac de qui les terres jouxtaient le fief de la Mauvandière. Mon Dieu ! Madame, je confesse que je vous devrais ici un portrait de mon héroïne et de bon cœur souhaiterais-je quelqu'un de nos peintres à la mode me prêter sa palette pour y succéder comme il duit. Ce néanmoins dans l'indigence où je gémis des couleurs qu'il faudrait, peut-être m'en daignerez-vous dispenser ? et quand j'aurai proclamé qu'on admirait sur le visage de cette belle un peu de ce qui resplendit sur le vôtre, je n'appréhenderai plus rencontrer aucun hurluberlu de qui le jugement sommeille en si profonde léthargie, que de nier à cette aimable personne l'absolu pouvoir de ranger sous ses lois quiconque se pouvait flatter d'avoir respiré le jour sous un autre climat que celui d'Hyrcanie. Alcindor, à peine un si charmant objet eût ravi ses regards, tout d'abord sa passion s'exalta jusqu'à un point où les plus violentes n'ont accoutumé d'atteindre qu'après beaucoup de temps et il comprit que, dès lors, il lui fallait de deux beaux yeux attendre son malheur ou sa félicité. Mais, à ce coup, l'événement fit bien voir qu'en amour comme à la guerre, s'il est des invaincus, il n'est point d'invincibles : peu touchée d'un adorateur qui déjà tournait vers son Occident Bérélise reçut avec un extrême déplaisir l'ouverture d'un hymen que l'âge rendait si disproportionné et toute la poliorcétique amoureuse de notre débellateur n'eût suffi, je pense, à mener à capitulation l'inexpugnable cœur de cette ingénue si M. d'Estrignac (une alliance avec les la Mauvandière titillait ce gentilhomme au sensible de ses vanités ambitieuses), ne s'était avisé d'un stratagème qui, pour n'être emprunté de Polyen, de Frontin ou de Carlet de la Rosière, se révéla pourtant d'une merveilleuse efficace. Toute nue, à la réserve de ses bas et de ses bottines qu'on lui laissa pour ménager sa pudeur, la gente rebelle se sentit, soir et matin, par deux robustes mastigophores, copieusement fouettée sous l'œil paternel et, après quinze jours d'un traitement si barbare, on lui déclara que si elle ne consentait tout à l'heure elle serait tant fessée, fustigée, malmenée, laidangiée, torturée, qu'il lui faudrait mourir. Préférant encore un vieil époux à des lanières neuves, Mlle d'Estrignac se rendit à de si pressantes sollicitations et, comme elle n'avait tout à l'heure plus de cuir sur les fesses, murmura un « *oui* » qui, tout contraint, rouvrit cependant à l'épris Alcindor les portes même de l'Eden... ».

— « *Coacta voluit* », interrompit derechef la duchesse qui paracheva d'excellentes études au Lycée Philaminte, « *coacta voluit sed voluit.* »

S'étant incliné devant ce latin, M. de la Mauvandière :

— « Le mariage, reprit-il, fut célébré, comme vous l'entendez, avec toute la pompe imaginable et, le soir même, les époux s'acheminèrent vers le manoir de la Mauvandière où les attendait la plus mortifiante disgrâce... Mais, à ce point de mon récit, je m'angoisse dans un embarras, à ne vous rien celer, le plus fâcheux du monde, eh ! le moyen de vous attendrir ou plutôt de ne vous égayer point sur un méchef que votre sexe ignore, trop heureuses femmes qu'Amour trouve en tout temps prêtes à ses combats ! Hélas ! maupiteux Alcindor ! il a cessé d'être homme pour l'avoir été trop souvent, ses prodigalités ont épuisé sa bourse, le dieu malin qu'il servit trop dévotement l'a chassé de son temple et désormais à de plus heureux ou de plus sages il lui faut laisser l'agréable soin de bander l'arc divin de l'Archer Cupidon. Neuvaines du chapelain, philtres des sorcières, conjurations des magiciens, aphrodisiaques des maîtres-mires, Dieu, le dyable et les cantharides, tout demeure impuissant contre cette impuissance ; le prince de nos lyriques l'a trop justement constaté :

*Aussitôt que l'Amour s'envole*
*Il ne connaît plus de retour !*

« Vous peindre ici le déplaisir de Don Juan métamorphosé en Narsès, est une tâche à quoi je ne m'efforcerai et ce sont choses qu'il est plus malaisé de peindre que d'imaginer. Mais qui saurait, ô ciel ! imaginer ou peindre le désespoir d'Aramante, celui de tous les mortels qui tenait à plus considérable l'avenir de sa race et la perpétuité d'un illustre blason ? Après quelques jours néanmoins donnés aux transports d'une iracondie procellaire, enfin il reprit sa bonace et tirant à part le nouveau mari tout pantois :

— « Je n'entends pas, Monsieur, par votre insuffisance, voir s'éteindre mon nom et périr ma famille ; ce que vous ne pouvez, un autre le doit faire, mais encore moins sied-il un bâtard étranger usurper en ces lieux les titres et le nom d'un la Mauvandière authentique : si l'âge ne m'avait réduit où vous ont mis vos débauches, croyez bien que nul autre... mais quittons, s'il vous plaît, un discours superflu et bénissons le Ciel qui me donna deux fils : dom Gabriel est carme et doué, j'aime à croire, de toutes les vertus qu'un adage fameux, sans mentir, attribue aux profès de son Ordre ; un exprès aujourd'hui le mande auprès de moi ; c'est à lui que je fie le destin de ma race et de lui que j'attends des hoirs qui, pour n'être sortis de vous, se pourront justement dire mes petits-fils. »

« Alcindor ne repartit à ce discours, sinon d'une profonde révérence par quoi il prétendait marquer son entière soumission, et dom Gabriel arrivait le lendemain tout prêt à déférer aux volontés paternelles... »

— « Voilà sur mon âme ! exclama pour la trois ou quatrième fois la bavarde Azincourt, deux fils bien morigénés ; mais Bérélise, dites-moi, obtempéra-t-elle d'une obéissance équipollente, ou si derechef on lui dut pimenter les fesses pour toucher son cœur ? »

— « Ni l'un ni l'autre, Madame ; instruite de ce qu'on exigeait d'elle, Mme de la Mauvandière, à la vérité, n'eut garde de marchander à la bienséance le tribut d'indignation que lui devait en la conjoncture la plus inflexible des Lucrèces : pleurs, cris, sanglots divers, elle ne plaignit rien, prit cent fois le Ciel à témoin, se débattit même avec toute la violence requise, mais enfin son beau-père et son époux la portèrent sur son lit où ils l'attachèrent solidement aux quenouilles, la chemise sur le nez et les jambes écartées. Le fils de Jean de la Croix eut licence d'accomplir comme il faut son devoir familial et le grand Christ qui dans la ruelle étirait ses longs bras disloqués et chétifs ne dut constater sans quelque satisfaction combien ses pieux serviteurs l'emportent sur les hommes du siècle dans les choses mêmes, semble-t-il, les plus étrangères à leur sacerdoce. Impitoyable aux larmes, au sang qu'il fait couler déjà, l'intrépide religieux a déchiré le voile du temple mystique où l'amour a caché les suprêmes délices et huit fois encore en ces lieux secrets et sacrés, pénétrant... Mais d'un léger zaïmph voilons, s'il vous plaît, une scène dont se pourrait ombrager votre ombrageuse pudicité, content de vous apprendre que, neuf mois après, Bérélise mettait au monde le plus délicieux poupon qui jamais ait mordu le sein d'une nourrice. A ce propos, duchesse, il faut avouer que la nature se comporte en étrange personne et que M. Renan ne mentit d'aucune sorte quand il l'argua, cette nature, de *transcendante immoralité*. Car enfin, n'est-ce pas un fait vraiment qui scandalise de voir l'équivoque produit d'illicites amours égaler et parfois surpasser en force, en gentillesse, en mièvreries, le correct bambin qui prit soin, avant de naître, de satisfaire à tout ce qu'exigent les lois, les bonnes mœurs et le bel air des choses ? Encore que l'adultère, l'inceste, le sacrilège et quelque peu le viol eûssent présidé à la conception de celui-ci, point du tout ne se privait-il de téter avec voracité, crier avec ténacité, conchier ses langes avec fétidité toutes vertus afférentes aux nourrissons les mieux nés. Alcindor admirait sa pseudo-progéniture comme Joseph l'Enfant-Dieu, Bérélise songeait à son beau-frère avec un peu de cet effroi reconnaissant, ou, si vous préférez, de cette reconnaissance effarouchée que dut à l'Esprit-Saint garder la Vierge-Mère ; quant au vieil Aramante, s'il n'entonnait à toute heure le « *Nunc dimitis* », c'est qu'il avait oublié (les avait-il jamais sus ?) la musique et le livret du vieillard Siméon. Que devinrent donc nos trois la Mauvandière et quelles lamentations n'élevèrent-ils pas au firmament lorsqu'un matin — celui du premier dimanche de l'Avent — on trouva le berceau vide et l'enfant disparu ?

— Eheu ! clame le père (que fuyait le latin).

— Παπαῖ ! répond la mère (que prétéritait le grec).

— « Je vais écrire à dom Gabriel d'en venir faire un autre », opine le grand-père qui savait le français.

Vainement on fouille le château, on vide les douves, on interroge les valets, on met les serfs à la torture ; l'enquête demeure sans résultat, les questions sans réponse et la question aussi. Et de plus belle.

— Παπαῖ ! gémissait le père.

— Eheu ! ripostait la mère.

Et l'aïeul se disposait à commencer une épître, lorsqu'un autre matin (celui même de Noël), on trouva l'enfançon paisiblement endormi tel un Jésus dans sa crèche :

— « Noël ! » vocifère Alcindor.

— « Gaudeamus ! » hurle Bérélise.

— « Voilà qui m'épargne un port de lettre ! » remarque judicieusement Aramante.

Cependant le premier transport apaisé d'une joie si légitime, on voulut éclaircir le mystère d'un événement que l'on jugeait assez dépasser le naturel et, dans ce dessein, on manda un vieil hylobien centenaire et balanophage qui vivait en la forêt prochaine et se mêlait de sortilèges et de sorcelleries, à quoi il devait être fort expert, car il montrait une barbe fort chenue, des cheveux fort touffus, un chapeau fort pointu, un nez fort crochu qui servait de monture à d'énormes bésicles. Cet habile homme déshabilla l'enfant, l'examina sur toutes ses faces, se gratta la tête, marmonna quelques paroles qui devaient être coptes ou tout au moins syriaques, introduisit son index gauche dans sa narine droite, à la façon des passalorynchites et tout à coup, entrant dans une frénésie comparable à celle de la Sybille cuméenne, se prit à vaticiner sur un mode qui vous rappellera, je pense, la poésie de nos plus notoires vers-libristes :

*— Cet enfant n'est pas ce qu'il paraît être,*
*cet enfant est le fils d'un prêtre,*
*or qu'il soit brun, blond, châtain, roux,*
*tout fils de prêtre est loup-garou,*
*et c'est pourquoi dorénavant,*
*durant tout le temps de l'Avent,*
*et cet enfant et ses enfants,*
*et les enfants de leurs enfants*
*et leurs enfants*
*qu'ils soient bruns, blonds, châtains ou roux*
*devront faire les loups-garous,*
*laou, laou, lala, laïtou !* »

— Bélître ! rugit le marquis en colère, ne saurais-tu parler un langage chrétien ? Explique-toi clairement ou je te...

— Tout se réduit, Monseigneur, reprit l'autre sans se déconcerter à un syllogisme des plus simples : tout fils de prêtre est loup-garou, or cet enfant est fils de prêtre, donc cet enfant est loup-garou. Ce syllogisme (ajouta-t-il par manière de réflexion) appartient à la catégorie de ceux que nous nommons en *Darii* pour ce que la majeure est une proposition générale et affirmative et la mineure une proposition particulière et non moins affirmative, car :

*Asserit A negat E verum generaliter ambo*
*Asserit I negat O sed particulariter ambo*

pour la conclusion, elle est affirmative comme les deux prémisses, car :

*Ambæ affirmantes nequeunt generare negantem*

et particulière comme la mineure d'autant que :

*Pejorem sequitur semper conclusio partem*

et je défie Aristotelles en personne d'en plus puissamment raisonner. »

— « Je ne sais à quoi tient, pédant, que je t'envoie syllogiser tout ton soûl au fond de la rivière avec ta *pejorem*, ton Aristotelles et ton *darii*, mais te plaira-t-il nous dire ce que sont ces loups-garous dont tu nous romps la tête ? »

Pour toute réponse, le gymnosophiste essuya ses bésicles ; puis ayant ouvert un grimoire in-folio relié en peau de truie qu'il portait ordinairement sous le bras :

— « *Loups-garous*, lut-il d'une voix nasillarde, *sont aucunes personnes qui sont muées en loups à certaines saisons de l'année, ce que plusieurs autheurs et signament le docte Bodin ont montré être véritable et en latin sont dicts* VERSIPELLES *et en hébreu* HEREBROTH *qui est autant comme errants, de nuict. Entre lesquels le docte Bodin et aultres excellents autheurs que j'ai dessus dicts comptent en premier tous bastards de prebstres ou moines qui nés vilainement de sacrilège doibvent ainsi, toute leur vie, le crime expier dont ils l'ont reçue. Je dis les mâles car de* LOUVES-GAROUS *on n'en vit oncques.* »

Royalement payé par l'intendant, le bon ermite revint à son ermitage après toutefois qu'on lui eût arraché la langue pour s'assurer de sa discrétion. Mais de point en point se vérifia l'horoscope ; depuis ces temps anciens, de l'Avent à Noël, les aînés de mon nom, vêtus de peau de loups, parcourent en hurlant nos campagnes neigeuses et moi, leur déplorable fils il me faut, chaque année... »

— Aller faire, sourit Mme d'Azincourt, le loup-garou dans vos terres ; mais la malédiction sera-t-elle éternelle et jamais le pardon...?

— Nous le pouvons espérer, il est vrai, mais à une condition si étrange qu'à peine osé-je assumer l'impertinence de la déduire céans : celui des la Mauvandière sera le dernier loup-garou qui aura *connu* (je dis au sens de la Bible), la fille (excusez-moi, de grâce) d'un cardinal romain ! »

A ce mot de *cardinal*, les joues de la duchesse s'empourprèrent tels la robe et le chapeau de ces Princes de l'Eglise. Puis ayant un peu rêvé :

— « Peut-être, vicomte, n'ignorez-vous pas que je naquis à Rome dans le temps que M. de Crécy, mon père, occupait à la Cour pontificale l'emploi d'ambassadeur. Je fus tenue sur les fonts baptismaux par le cardinal de Cicognara, l'un des prélats les plus renommés du Sacré Collège pour son orthodoxie et sa galanterie. Dès leur arrivée en l'Urbe éternelle, mes parents s'étaient liés d'étroite amitié avec Monseigneur de Cicognara, si bien que Mme de Crécy, durant sa grossesse, ayant eu quotidiennement sous les yeux mon illustre parrain, d'une voix unanime les familiers de l'ambassade reconnurent entre lui et sa filleule indigne une ressemblance dont ma modestie seule me peut empêcher de tirer vanité... Fille spirituelle d'un homme à qui son état interdit toute parenté charnelle, peut-être suffirais-je... »

Sans achever, d'un index que baguait un fulgurant sideropecile, l'aimable conteuse impartit à la sonnerie électrique l'inestimable faveur d'en presser le bouton.

Un valet parut :

— « Je n'y suis pour personne ! »

On a beaucoup remarqué dans les cercles mondains que le vicomte de la Mauvandière n'a pas, cette année, quitté Paris à l'approche du saint jour de la Nativité.

# LA PROFESSION
# D'EUSÈBE FROTTEMOUILLARD

# LA PROFESSION D'EUSÈBE FROTTEMOUILLARD

*Otium cum dignitate.*

MARC TULLE.

Quand il fut décavé jusqu'au dernier louis, Eusèbe Frottemouillard se demanda s'il se ferait assassin, escroc ou souteneur : ses croyances religieuses ne lui permettaient pas de recourir au suicide.

En l'assassinat, tout d'abord, l'avantage précellait que, la victime intelligemment choisie, on se trouvait d'un seul coup libéré de tout travail et de toute préoccupation d'argent. Par malheur, une vérité s'impose, paradoxale mais inéluctable, bizarre mais axiomatique, celle-ci : « *Il est impossible, d'une impossibilité hyperphysique d'assassiner un homme très riche.* » Dans Paris, en effet, dans Londres, dans Berlin, dans New-York, dans Vienne où quotidiennement des concierges, des vidangeurs, des fruitiers servent de sujets aux expériences des escarpes, n'est-il pas étrange, par contre, de voir des Rostchild, des Pereire, des Rockfeller, impunément circuler, agioter, et dormir sans que nul surin tente de pratiquer dans leur artère carotide une létifère solution de continuité ? Dès lors, à moins d'admettre chez tous les fervents de l'assassinat une admirabonde stupidité, ne nous faudra-t-il pas (si peu que nous ayons en poupe le vent de la logique), atterrir à cette conclusion escarpée que si l'or met en danger l'existence de ceux qui le possèdent en petite quantité, en revanche le Métal-Roi, *par un pouvoir occulte, spécifique, inexplicable et surnaturel,* protège contre toute mort violente l'existence de ceux qui le savent détenir en masse pélionesque ? Alors quoi ? scionner quelque pauvre vieille pour lui chiper cent écus enfouis en un pied de bas ? d'y songer seulement Eusèbe sentait le cœur lui lever à des myriamètres d'altitude.

L'escroquerie, en prétéritant, bien entendu, les « *carottes* » infimes, les scapinades vulgaires qu'un gentleman rougirait de classer entre ses loisibilités, l'escroquerie se manifeste dans la pratique sous deux formes principales : *la tricherie au jeu,* et le *chantage.* Certes, du fait de corriger le hasard, un parfum s'exhalait de vieille cour et de jadis, un subtil, amène et frangipané relent de XVII^e siècle dont le charme discret blandiciait de voluptueuse sorte l'olfactivité de Frottemouillard ! Mais hélas ! par ces jours de nauséeuse démocratie ou, plus exactement d'émétisante *zoocratie,* en quels jeux de la Reine, je vous le demande, chercher ces hocas et ces pharaons où les Grammont et les Brancas dissimulaient si noblement sous la dentelle des manchettes la grâce perverse de leur savante improbité ? Maculés de squalidité philistine, trichynés d'un rastaquouérisme infectieux, siphylisés du virus bourgeois congénital à notre piteux maintenant, les cercles et les clubs s'ankylosent en des attitudes muffloïdes, s'embourbent dans un encanaillement plébéien par quoi s'affirment de pareils tripots aussi infréquentables, Dieu me sauve ! à un authentique Frottemouillard que les moins décrottés des cénacles esthétiques et les plus diffamés des salons où l'on cause ! D'ailleurs, Eusèbe était-il bien sûr d'impétrer du premier coup cette aisance à la poussette, ce doigté infaillible à tourner le roi, cette dextérité à faire sauter la coupe qui proprement constituent l'idiosyncrasie même d'un « *filosophe* » de haut lieu ?

Quant au chantage, cet exercice (amusant, du reste, et d'une fantaisie qui peut être ingénieuse), paraissait à notre décavé moins digne d'un homme bien né que d'un grimaud sans place ou d'un journaliste besogneux. A le bien prendre, en effet, le *maître-chanteur* n'est-il pas condamné, par sa profession même, à un quotidien effort cérébral, un perpétuel mouvement de l'imaginative ? Et si l'abject et dégradant travail doit, sous toutes ses formes, exciter nos mépris, de quelle contemnation, juste ciel ! de quelles nausées surabondantes ne nous faudra-t-il pas convomir l'infâme labeur intellectuel qui nous ravale presque au rang du Littérateur ou de l'Artiste, cette chiasse de l'Humanité ?

Souteneur ? Ah ! certes, dans notre ridicule Occident monogame où l'agenouillement de l'homme devant sa femelle peut être considéré comme le préambule même de la charte sociale, en cette Europe que l'inepte galanterie livre depuis des siècles à l'inextinguible risée de l'Orient tout entier, il est véritable que seul le souteneur a voulu se dresser devant l'Idole Impure et, courbant sous le joug du mâle la créature inférieure, réduire à son double rôle de bête de somme et de bête à plaisir l'être « aux cheveux longs et aux idées courtes » (1), dont le dernier des Botocudos ou des Algonquins sait faire au moins la servante de son wigwam et la porteuse de ses fardeaux ! Sans doute ! Mais fût-ce pour la contraindre à la servitude légitime, vivre

(1) Schopenhauer.

avec une Femme était un écœurement qu'Eusèbe ne se sentait plus la force de supporter ! D'accord avec les Pères et les Docteurs de l'Eglise, il estimait la chasteté le plus pur ko'hinnor de l'écrin des vertus (1) et misogyne intransigeant, répétait avec admiration les sublimes vers du divin saint Anselme :

« *Femina, fax satanæ, gemmis radiantibus auro*
« *Vestibus ut possit perdere cuncta venit.*
« *Mille modis nostras impugnat femina mentes*
« *Et multos illi perdere grande lucrum est.*
« *Nil est in rebus femina nocentius et nil*
« *Quo capiat plures letifer hostis habet.*
« *Nam quæ femineo mens capta ligatur amore*
« *Nunquam virtutum surgere ad alta potest...* »

Pour se tenir dans un ordre d'idées moins spéculatif et plus immédiatement pratique, la vie agitée que le jeune homme avait

(1) Est-il nécessaire de faire observer que la sainte vertu de chasteté s'allie mal avec la profession de marlou ?

(Note de l'auteur).

menée jusqu'à ce jour, laissait-elle bien à son bras et à ses reins la vigueur indispensable au Sacerdoce ruffianesque ? Son biceps affaibli possédait-il cette robustesse inlassable qu'exigent impérieusement les quotidiennes « *râclées* » sans lesquelles il n'est point de *marmite* pécunifère ?...

Ainsi dans le Maëlstrom de l'Impossible s'engloutissaient l'un après l'autre les derniers expédients et le misérable se voyait tout à l'heure réduit à mourir de faim. Or, depuis les Gilbert, les Malfilâtre, les Moreau et toute la séquelle des poètes à ventre creux, depuis que M. de Vigny larmoya, cinq actes durant, sur le malheureux sort des Chattertons faméliques, je ne crois pas que nulle hypostase de la camarde protéiforme se révèle d'un goût plus rance et plus incongru, sente de plus loin son pédant et son gendelettre que ce prétentieux décès par défaut de mangeaille. Pour échapper à une telle ignominie, Eusèbe songeait à solliciter une place de mouchard ou d'employé des pompes funèbres, lorsqu'au phosphore surchauffé de son cerveau une idée tout à coup s'alluma fulgurante et génialement simple :

Se faire Mendiant !!

ou plutôt établir sur des bases nouvelles, reconstruire de fond en comble l'art subtil et jusqu'aujourd'hui mal connu, d'accoucher la marsupie de ses contemporains. Bizarrerie stupande, en effet ! tandis que la musique et la poésie, la littérature et les arts du dessin marchent en botte de sept lieues vers une esthétique inédite et moderniste, la mendicité, au contraire, s'obstine à traîner par les ornières lutulentes de la routine les savates éculées de la routine et du rabâchage. En France, par exemple, deux écoles, sans plus, demeurent en présence : les Romantiques, d'abord, tourbe haillonneuse de loqueteux poncivement pittoresques, maladroits pastiches de Callot et de Goya, étalant d'un air théâtral l'horreur banale de ses guenilles, la purulence parfois voulue de ses ulcères ; et puis, en face de ceux-là, plus écœurants peut-être, plus insipides et plus fades à coup sûr, les miséreux officiels, les Pauvres décents et honteux, clients ordinaires des Dames de charité et des Bureaux de bienfaisance, l'Ecole du-bon-sens, le Ponsardisme de la mendicité ! Eh bien ! s'évadant sans retour des formules croulantes et des systèmes délabrés, Eusèbe voulait substituer enfin au repoussant déguenillage l'irrésistible attirance du dandysme et de la correction, fonder, en un mot, l'école inattendue mais seule rationnelle des *Quémandeurs Elégants.*

Sans plus tarder il se mit à l'œuvre : irrépréhensiblement vêtu d'un frac tout brummellique, dernier vestige de sa splendeur passée, dans un salon où il était familier, avec une simplicité parfaite il tendit son chapeau, exorant les personnes de laisser tomber quelqu'offrande. Le lendemain une mode nouvelle courait Paris : faire l'aumône à Frottemouillard. Et, dès lors, par tous les endroits fashionables on le put voir toujours impassible et flegmatique, et, comme il se fût acquitté d'une obligation mondaine, en une délicieuse bourse qu'adornaient deux inestimables petits émaux de Léonard Limosin, recueillant une pluie assez abondante pour désaltérer la plus insatiable Danaé. Que si un parvenu, un rastaquouère, un bas nobliau se permettait envers lui quelque libéralité, impitoyablement Eusèbe retournait à ces espèces leur ignoble *galette*, décernant ainsi un immarcescible brevet de *respectability* aux privilégiés qu'il daignait admettre à l'honneur de le secourir. Bientôt parce qu'il était dévoué à l'idée césariste il en vint à n'accepter plus que des pièces d'or à l'effigie de l'Un ou de l'Autre des deux Bonaparte.

A la fin de l'an, Eusèbe Frottemouillard qui vivait maintenant sur un pied de cent mille livres, déposait chez un banquier son patrimoine reconstitué et chez des amis une carte ainsi libellée : *Eusèbe Frottemouillard, mendiant.*

(Voir ci-contre.)

(1) *L'auteur préfère le vieux mot bien français de « parvenu » à l'expression de « nouveau-riche » plus moderne mais quelque peu vulgaire, ne trouvez-vous pas ?*

*Note de l'auteur.*

*Fac similé*
*de*
*la carte d'Eusèbe Frottemouillard*

*Eusèbe Frottemouillard*
**Mendiant**

# LA CEINTURE ENCHANTÉE

## LA
# CEINTURE ENCHANTÉE

En dépit des clichés, je tiens Paris la moins oublieuse ville de l'un et l'autre hémisphère et qui plus irrévocablement garde la remembrance de quiconque emporta le prix de la charmer, scandaliser, intéresser, divertir en passant. A ce titre je n'appréhende nul indigène des rives séquaniennes avoir de sa souvenance expulsé la duchesse de Xacarilla, cette supercoquentieuse madrilène que sa vénusté, sa galanterie, sa rosserie et, sur toute chose, sa chevelure naturellement verte (1) juchèrent en un si mirifique et altier

(1) *Naturellement* verte c'est, dit-on, d'après la tignasse de la duchesse de Xacarilla que les perruquiers parisiens imaginèrent ces perruques de diverses couleurs qui avant la guerre émurent l'indignation des chroniqueurs vertueux. Du reste pour être inusitées les *chevelures de sinople* ne sont

prédicament emmi ce que comptent de plus *up to date* le monde, le demi-monde et le monde et demi. C'est la plus fameuse de ses aventures et, comme il arrive, la plus mal connue tout ensemble (*id est* son intrigue avec le baron de Flambergeac) qu'il me devrait céans relater et revêtir d'une authenticité dont à l'envi la dénudèrent les amplifications de tels chroniqueurs par trop fantaisistes.

---

pas absolument introuvables. Ronsard déclare que les cheveux de Cassandre étaient *couleur de cèdre*, c'est-à-dire vert glauque. Banville parle des *cheveux verts* d'un académicien et Maxime du Camp chap. XVIII de ses *Souvenirs littéraires* déclare qu'on trouverait des *cheveux verts* sous bien des chapeaux à Paris.

(Note de l'auteur).

# I

*Mais ô simplicité qui n'a point de seconde*
*Quand je nomme ses yeux les plus beaux yeux du monde*
*Je loue innocemment les auteurs de ma mort.*

TRISTAN L'HERMITE.

Il est tout à fait vrai que Rosidor, baron de Flambergeac, seigneur de la Gardelle en Limosin, venait à peine d'admettre à l'heur de réargenter le champ d'un noble écu les écus roturiers de Mlle Eléonore Gradevost, lorsqu'il fit rencontre de doña Euphrasia d'Ataquiñez y Escambrebras, duchesse de Xacarilla et tout d'abord sentit pour cette mirobolante exotique une passion qu'on se plut à rebuter par toutes ses rigueurs imaginables. Mais lui, ayant appris de Gubetta qu'aux propos d'une coquette « *Non* ! » est, pour l'ordinaire, le frère aîné de « *Oui* », il ne laissa de poursuivre sa pointe, et, un jour, en effet, qu'admis dans le tête à tête de son inhumaine, il peignait sa flamme avec des couleurs plus vives qu'à l'ordinaire :

— « Mon Dieu ! baron », lui fut-il réparti, « je ne me pique d'une âme, hélas ! si léo« parde et volontiers peut-être vous rece« vrais-je à merci, mais à des conditions si « léonines qu'il serait tout à fait impossible « que vous les acceptâssiez et dès lors tout à fait superflu que je vous les proposâsse ! »

— « J'y souscris d'avance, Madame, et jamais plus strict observateur de la foi ju« rée... »

— « Sachez donc que vous voyez en moi « la personne de l'univers la plus exclusive « et pour qui les soins de l'amant le mieux « fait ne sauraient avoir que des régals peu « chers s'il les faut partager même avec une « épouse : vous êtes marié, homme d'esprit « cependant et, comme barytone ou téno-

« rise le protagoniste de certaine opérette « « *j'en ai dit assez je pense* » pour vous faire « entendre la nature et l'étendue (faut-il « ajouter l'imprudence et la témérité ?) de « vos engagements ? »

— « N'est-ce que cela, justes cieux ! et « seule dans Lutèce, ignorez-vous, señora, des « liens uniquement financiers et d'état civil « m'enchaîner (dont j'enrage !) à l'hoire des « Gradevost ? Nos rapports intimes ne dé- « passèrent oncques les banalités de la poli- « tesse cubilaire et je fuis l'outrecuidance de « croire que muer en mariage blanc un hymen « si grisâtre puisse être à Mme de Flamber- « geac beaucoup plus qu'à moi-même une « bien déplaisante métamorphose. »

— « Tarare ! la caution n'est pas bour- « geoise et vous trouverez bon que j'exige « un garant plus fidèle de votre fidélité ! »

— « Il est aisé, Madame, et le divorce... »

— « Prohibé par notre sainte mère « l'Eglise, le divorce, Monsieur, exhale en « toute son essence je ne sais quoi de répu- « blicain et de mal élevé dont se doit offus-

« quer une complexion le moindrement déli-
« cate et l'on se peut, à la rigueur avouer la
« maîtresse d'un gentilhomme adultère, mais
« non pas, Dieu merci ! légale concubine
« d'un mécréant révolté contre les saints
« canons ! »

— « Eh bien ! sévère Euphrasia, il vous
« faut satisfaire et le suc de la belladone ou
« de la jusquiame, l'alcaloïde de la fève
« Saint-Ignace ou de la fausse augusture
« subtilement versés dans la tasse d'une fâ-
« cheuse compagne me restitueront une li-
« berté à quoi je n'aspire que pour l'engager
« dans vos fers ! »

— « De mieux en mieux et nous quittons
« à ce coup l'antre du procureur pour l'offi-
« cine de l'apothicaire... Or, ça, mon maître,
« vous étiolez-vous tout de bon en une telle
« anémie des facultés inventrices que de ne
« rien concevoir entre les sales procédures
« d'un chicanou crasseux et la romantique
« pharmacopée d'un Borgia pour faits di-
« vers ? Par bonheur... Mais sans un ex-
« cessif déplaisir prêterez-vous l'ouïe à un

« souvenir de famille dont il ne messiérait « que je vous infligeâsse une — rassurez-« vous ! — compendieuse narration ? Je « commence » :

## II

*J'aimerais mieux encore et je le dis à vous*
*Être pauvre qu'avare et cocu que jaloux.*

VICTOR HUGO.

« Comme la joubarbe sur le chaume des toits rustiques, le zoophtalme dans les crevasses des murailles en ruine, le cynomorion sur le spartier d'Estramadure, l'helminthocortos sur les rocs de Biscaye ou de Guipuscoa, l'usnée sur le crâne des pendus, la mandragore à l'ombre des gibets, de même la jalousie croît librement dans un cœur espagnol. Mais en nulle âme péninsulaire la plante empoisonnée plus âprement n'agrippa ses vrilles, ses stolons et ses griffes qu'en l'âme de don Ruy, Hernandez, Alverez, Perez, Luiz, Esteban, Alonzo, Tomaso, Isidoro, Bartolomeo, Ignacio de Toromatado y Aspisilgueta, baron de Hordales, Mirores y Rimores, comte de Leyva y Cambolas y Carambolas y Caracambolas, marquis d'Almoranas, Oyanzabal y Zaraüs y Zumalamayor, duc de Trespicos, prince de la Purgaçion, gouverneur du château d'Almojavar pour Sa Majesté catholique, grand d'Espagne et mon ancêtre. Parce qu'il avait, barbon caduc, conduit en justes noces la calliste et pulcherrime Inez de Ullegañez qui pour la quinzième fois à peine voyait s'épanouir la fleur du grenadier l'agelaste gobernador passait avec inquiétude ses paumes sur son front chenu et le spectre jaune hantait ses nuits insomnieuses.

— « Par la double corne du plus cornu « cornigère qui d'Irun à Cadix arbore ses « andouillers, maudissait-il, certain soir que « la tarière de l'anxiété maritale plus sève- « ment taraudait ses méninges, « sans ran- « cœur baillerais-je mon âme au grand

« Dyable d'enfer si de bon haict il me voulût
« pleiger contre cocuaige ! »

— « Marché conclu, señor ! »

Et à la clarté cyanargyrique d'un rayon sélénaire, don Ruy perçut le célèbre Méphistophélès (1), tel que de nos jours encore il s'exhibe à l'Académie nationale de musique sous les espèces ou apparences de M. Gresse, de M. Delmas ou de M. Chambon meuglant en basse-taille les truculences d'Herctor Berlioz ou les ponts-neufs du lamentable et feu Charles Gounod. Traditionnel et courtois, avec grâce incurvé en un salut amène, de la dextre l'archange déchu tenait au ras du sol sa toque médiévale et de rouge empennée, cependant que de la senestre il offrait à mon aïeul un..... oserai-je bien formuler « *bijou* » que je veux sans demeure soumettre à vos rétines. »

(1) Peut-être s'étonnera-t-on de voir céans Méphistophélès, démon germanique, mais il y a maintenant tant de Boches en Espagne !

(Note de l'auteur).

Sur ce mode palabrant, d'une cassette chryséléphantine escarbouclée de zmilampis, de batracolithes, de leucolycorchis, de tragomphales et de xanthadamantes, la duchesse tirait une de ces ceintures, austères custodes des pudendes féminines, que les hellénistes appellent « *aïdozones* » ou « *édozones* » et vous ou moi plus simplement « *ceintures de chasteté* ».

— « Parbleu, Madame, » interrompit en cet endroit l'auditeur bénévole, mais dont le dandysme horrait l'inélégance philistine d'un étonnement quelconque, « il faut avouer que le Dyable se dérangeait alors pour bien peu de chose et l'on ne cite aujourd'hui si piètre matassin qui n'acquière à son gré un engin tout semblable chez le premier bandagiste venu. »

— « Parlez en mieux de grâce et gardez-vous de discriminer des choses avant que d'en ouïr la merveille et d'un pénétrer l'arcane. Cette estomirante vertu singularise la présente ceinture de se pouvoir à toute femme géante ou naine, étique ou obèse, congrûment adapter et le cadenas, d'autre part, s'agence d'un si merveilleux entregent qu'on ne le saurait apérir si, tournant la clef, on ne prononce quatre magiques vocables qu'il me sera loisible de vous déceler point. Si le châtelain d'Almojavar accepta l'offre de l'archange déchu vous le devinez sans sortilège : l'éternité bienheureuse quel zélotype lésinerait à payer d'un tel paraguante le mol oreiller de l'épicurienne ataraxie ? A son tour que Mme de Flambergeac reçoive de moi ce présent par vos mains et alors... mais seulement alors... »

Sans achever l'ultramontaine charmeresse promut son regard polliciteur à la dignité de suaviloque et muet truchement...

## III

*Down, strumpet.*

Shakespeare *(Othello)*.

Congédiées ses méchines, caméristes, pédisèques et autres ancelles, à terre gisant ses dessous et sa robe, sans autre voile qu'un ultime et transparent linon, sans autre lumière qu'une veilleuse adamantine, d'un pas languissant la triste Eléonore s'apprête à regagner une couche où trop souvent l'abandonne solitaire l'indifférence d'un ingrat. Du chevet soudain un homme surgit, s'élance, saisit entre ses bras et mouille de baisers ce beau corps demi-nu. Abomination ! ignominie ! écœurement des écœurements ! l'infortunée a reconnu Lapierre, Lapierre le palefrenier, un valet ! un valet ! un maraud de valet ! un maroufle de valet ! un bélître de valet ! un abject, un répugnant, un immonde valet ! Il ahane, le drôle, il bave de luxure, le Ruy Blas d'écurie et sa braguette déhiscente ne contient plus l'énormité de son orgasme tératoïde. Crier, appeler, te débattre, griffer, mordre, ah ! tu l'essaies en vain, trémébonde victime ! L'athliotate resserre son étreinte, l'égypan fait à sa proie un baillon de ses lèvres. Et voici que dans la chambre un autre homme a bondi : Flambergeac, nom de Dieu ! c'est Flambergeac, c'est le mari lui-même, Flambergeac, hispide quant aux cheveux, flamboyant quant aux prunelles, spumant quant à la bouche, téterrime quant à la face, invectif quant aux discours, barissant d'une ire simulée, mais d'autant plus formidolose, de cent contumelies dilacérant une pendarde assez invergogneuse pour encornifistibuler un galant homme avec un laquais. A genoux, plorabonde, crins épars et polydacryante pour s'abluer d'une action si noire la nouvelle Desdémone trouve en son innocence les plus touchantes objurgations, les plus déchirantes icesies. Προς τῶν γονάτων καὶ μετὰ δακρύων ικετευει. Inanes efforts ! Inutiles accents ! Sourd de la pire des cophoses le feint Othello pousse le dernier rude et par le sang, et par le ventre, et par la tête, et par la mort, et par le Tartare, et par l'Hadès, et par le Shéol, par le nimbe de tous les saints, la fourche de tous les dyables, la fressure de tous les papes, la barbe de tous les Mahoms, le nombril de tous les Bouddhas, le tonnerre de tous les Zeus, jure qu'il va sur l'heure occir, meurdrir, trucider, navrer, juguler, massacrer, étriper, étripailler et désentripailler, matagraboliser, hâcher menu comme chair à pâté une flagitiose adultère si par écrit elle ne confesse son crime et n'implore son pardon. La pauvrette signe, paraphe et pataraphe en l'irorant de ses larmes le velin accusateur d'avance préparé, sur quoi le pseudo-cocu se retire pour revenir bientôt le browning d'une main, l'édozone de l'autre.

— « Vous voilà donc obéie, Madame, et les charmes sous clef à qui vous ne déniâtes l'excessif honneur d'en prendre quelqu'ombrage. Souffrez donc que je réclame une faveur dont... »

Ainsi, le jour suivant, notre astucieux Limosin terminait à l'objet de ses vœux le récit pharamineux de son triomphant stratagème. Alors sardonisant un sourire :

— « L'anecdote est facétieuse », ironisa l'Espagnole, « et la fourbe amusante encore qu'y défaille, à ma sentence, le paprika d'une ragoûtante nouveauté, mais le divin plasmateur me pétrit, je l'avoue, de pâte assez défiante et, sans donner à ma créance congé d'opposer à vos dicts le bouclier du scepticisme, estimeriez-vous, beau sire, exagérément indiscret que *de visû* je constatâsse l'exactitude, la rectitude, l'amplitude, la plénitude de vos obtempérations ? »

Un nutatoire acquiescement (ou si préférez une acquiescente nutation) le plus soumis des sigisbées ne répliqua d'autre sorte...

. . . . . . . . . . . . . . . . . . . .

. . . . . . . . . . . . . . . . . . . .

## IV

*Homo homini lupus, femina feminae lupior.*

(Adage antique).

*Paix des juges de paix.....*
*Cuirasse du mari contre la femme forte.....*
*Obscène confesseur des dévotes mort nées.....*
*Manne des cœurs suppliciés.*

Ainsi les gongoresques litanies du barde Tristan Corbière panégyrisent le sommeil : le *cœur supplicié* d'Eléonore Gradevost, baronne de Flambergeac, savourait nocturnement la « manne » léthéenne ou, sans tropologie ni périphrase, Mme de Flambergeac, née

Gradevost, dormait, sommeillait, pionçait, roupillait, tapait de l'œil, ronflait comme cent mille tuyaux d'orgue lorsque son tyran et la complice d'icelui irruent en ce *bed-room*, théâtre hier d'une si tragique atellane. Chû grand ouvert au pied du meuble amidophore, un volume de M. Boylesve (né Tardivaux), certifiait de quel narcotique la blême dormeuse impétrait, ce soir, pour un moment trop court, l'oubli de ses souleurs. On l'éveille, on la fait lever, on lui ôte sa chemise. Longuement la Xacarilla se gaudit au spectacle d'une rivale muselée : elle vérifie la serrure, s'attarde aux sous-cuisses incrustés déjà dans la chair excoriée des jarrets et des fesses, introduit un auriculaire obstinément scrutateur dans l'étroit pertuis ménagé pour d'innommables fonctions :

— « Par le voile de sainte Léocadia qu'on vénère à Tolède ou peut-être à Burgos, de cette heure, caballero, je vous tiens homme loyal et de parole, digne en tout point de la récompense attendue et c'est au nez de l'infâme que je vous en octroie le guerdon ! »

Elle dit, se défait en un tour de main et se jette sur le lit où bientôt... Tout beau ! ma plume, un peu de circonspection, je vous prie ! M. Salomon Reinach enseigna *sans pleurs* le grec à trop d'Eulalies, le latin *sans larmes* à trop de Cornélies pour que même en un défunt idiome et qui brave l'honnêteté je m'enhardisse à retracer les péripéties d'une scène dont s'effaroucherait, d'aventure, un censeur trop austère. Accoler un mari, à la vue de sa femme, pour la perverse Castillane, quel plus acute incitamment de jouissure ? par des craquements réitérés à peine jusqu'alors conjugal le sommier clame son allégresse de se sentir nuptial. Toute nue sous son pagne dérisoire, humiliée jusques au fond du cœur, troublée aussi, rébellée au tréfonds de son sexe la pauvre cadenassée se doit initier à d'inouïes amplectations, d'insoupçonnées blandices, des transports dont chacun et l'outrage et l'attise, allumant sur ses joues les feux de la pudeur, mais aussi, tu le sais, hypocrite nature, en un lieu plus abscons tous les feux du désir. Les doigts, la langue stimulent ou suppléent les organes d'amour un instant assoupis. Dix fois le gladiateur propugna dans l'arène et son glaive arrogant érigé vers le ciel témoigne hautement qu'il demeure invaincu... Puis quand l'aurore enfin blafardise les vitres sans désarmer encore il glisse doucement des bras de Cupido dans les bras de Morphée. Preste, aussitôt sa compagne se lève, se rajuste en un tour de main et sort à cloche-pied en riant aux éclats !...

## V

*Je voulus vous aimer et je ne le veux plus.*
*Mon feu fut sans raison ma glace l'est de même.*

P. CORNEILLE (*Mélite*).

La fureur d'Achille privé de Briséis, d'Ajax frustré des armes d'Achille, et la fureur d'Oreste et celle de Camille, et quand sur l'écorce des arbres il découvrit les chiffres enlacés d'Angélique et de Roger la fureur de Roland, et la fureur encore du fol Cardenio trahi par don Fernand voilà certes de poétiques fureurs, d'héroïques fureurs, d'épiques fureurs, de tragiques fureurs, de lyriques fureurs, mais de ces fureurs littéraires à laquelle — je vous le demande ! — parangoner celle dont grinça Rosidor de Flambergeac lorsqu'il reçut le poulet suivant ?

*D'Euphrasia à Rosidor.*

« *Ce billet, cher baron, vous porte mes adieux. Le Poète ne ment point.*

*Loin d'épuiser une matière*
*On n'en doit prendre que la fleur !*

*Eh ! quelle volupté l'un de l'autre espérer que ne nous ait donnée l'inoubliable nuit ?* Je pars donc emportant la clef, les mots secrets *et votre souvenir. Je ne crains que jamais vous abstergiez celui de la toujours éprise*

EUPHRASIA.

Se rouler sur le sol, ululant de délirantes interjections, des quérimonies vésaniques, de saugrenues onomatopées ; s'arracher du sinciput, de l'occiput, du menton et voire du pubis assez de poils pour en composer une fort honnête perruque ; briser quelques vases probablement étrusques, peut-être chinois et sûrement japonais ; expectorer à l'encontre de la fugitive les coutumières épithètes de perfide, d'inconstante, de félone et de tigresse y joindre les nuncupations moins classiques, mais plus expressives de chameau, de vache, de sale garce et de sacrée putain ; détacher de sa panoplie un kandjar, deux cimeterres, et trois kriss malais aussitôt rengaînés (les uns et les autres, innocents de tout meurtre) en leur vagine de galuchat ; électrique Jaggernat, écrabouiller quelques grosses de piétons sous les pneus de la 130 H.P. qui l'emporte en $n^e$ vitesse à l'hôtel Xacarilla ; rosser d'abord, essoriller ensuite l'ahuri Pipelet qui lui confirme le départ de Madame ; se précipiter d'une fenêtre choisie avec sagacité au rez-de-chaussée de sa maison, bouter le feu à cet immeuble d'ailleurs préalablement et avantageusement assuré, ces rits divers de la passion trahie notre Ariane en culotte, les accomplit en conscience et puis, comme on se lasse de tout, même du désespoir, un beau jour le désespéré se calma et se prit tout bonnement à regarder sa femme. Oui ! parbleu ! il daigne la regarder cette

Eléonore dédaignée, rejeton mal-né d'un tiers-état mercantile et parce que fruit défendu elle lui devient ores un fruit concupiscible (1) : c'est pour Eléonore qu'il arde maintenant, Eléonore seule qu'aujourd'hui convoitent ses sens cantharides, ses lombes pantelantes, sa génitoire en furie. Il pénètre en elle par tous les orifices qui demeurent ouverts. Courbée sous la menace de l'ignominieuse accusation, hésitante et gauche tout d'abord, experte bientôt et fougueuse et lascive, fustigée, elle aussi, par toutes les orties du rut, knoutée par toutes les lanières de la concupiscence, elle se prête à tous les stupres, se fait bonne à toutes les fantaisies, esclave de tous les caprices, mettant son los à égaler, surpasser s'il se peut, en doctrine paillarde la créature abhorrée qui, toute absente,

---

(1) *L'auteur tient à faire observer qu'il ne tenait qu'à lui de caser ici une bonne demi-page de considérations sur l'attrait du fruit défendu, la versatilité des sentiments humains et autres lieux communs, il fait grâce de ce fatras à son benoît lecteur dont il requiert, de ce chef, une reconnaissance éperdue.*

*(Note de l'auteur).*

s'avère pourtant le plus barbare des geôliers. Mais d'anormales caresses, d'énervantes pollutions, d'antiphysiques titillations, de raffinées margauderies, avivent leurs langueurs, ne les satisfont pas. Démoniaque ceinture ! satanique instrument d'un supplice tantalesque, rien n'en peut délivrer le corps qu'elle excrucie à son contact les limes se fondent, les acides se volatilisent... *Eheu ! lugete, veneres* ! Tel à Rome en temps de Paix celui de Janus il est clos à jamais le temple de Priape !...

## VI

*Au Dieu d'Amour il n'est rien d'impossible.*
*Et l'on ne doit jamais désespérer (bis).*

LAMBERT-THIBOUST.

A jamais !!!!... A jamais !!!!... A jamais ????
NON !!!!!... *Non* !!! vous dis-je !!!...

# VII

*Unus Therinae vir sufficit? Ocius illud*
*Extorquebis, ut haec oculo contenta sit uno.*
JUVENAL (*Sat.*, VIe).

...Quatre ans après, place de la Magdeleine, en un de ces hygiéniques souterrains qui, dans certains quartiers remplacent aujourd'hui les antiques *châlets de nécessité*. Ayant sacrifié au génie du lieu le sire de la Gardelle peinait à réintégrer en une trop anguste boutonnière un bouton récalcitrant.

— « Tête bleu ! » gronda-t-il, « si je croyais aux fantômes je dirais que voilà celui de doña Euphasia ! »

Devant lui une ombre de femme se profilait si diaphane et immatérielle qu'il n'était malaisé la conjecturer n'appartenir pas à la terre.

— « Vous auriez tort de n'y point croire »,

rétorqua l'apparition, « et c'est bien le Corps Astral de la coupable Euphrasia qui vous vient quérir en un *lieu* où elle s'assure de parler à vous sans témoin. Après que je vous eus dérélicté

*Fort quinaud, je suppose, et pantois quelque peu*

je partis pour le Havre-de-Grâce d'où je cinglai vers les Amériques, déterminée de couronner au Nouveau-Monde une carrière si gaillardement inaugurée dans l'ancien. Lima, San-Francisco, Valparaiso, Buenos-Ayres, Santiago, Carracas, pas une capitale transatlantique où n'aient stridé les clairons, vacarmé les trompettes, tintamarré les buccins, redondé les tympanons de ma renommée libertine ! Peaux-rouges, nègres, zambos, cow-boys, gauchos, présidents de république, peones, archevêques, batteurs d'estrade, salteadores, francs-maçons et jésuites se succédèrent, parfois se rencontrèrent sous mon drap. A Washington un gardien soudoyé m'ouvrit la cellule d'un condamné à mort : j'embellis la dernière nuit du pauvre bougre, assistai le lendemain à son électrocution et couchai, le soir, avec le bourreau. A Chichihuahua, un général mexicain s'éprit de ces faibles appas qui, vous-même, cher seigneur, ne vous trouvèrent point insensible. J'exigeai qu'en ma présence, il violât ses filles jumelles, deux brunes vierges qu'il adorait : il obéit, le vieux penard ; j'assistai au double dépucelage et, toutes voiles dehors, je conduisis par la suite les filles à Lesbos et le père à Lampsaque. Une créole impubère, quatre eunuques mulâtres, deux Pawnies hermaphrodites, un aztèque gynécomaste servirent à mes plaisirs. On me vit l'amante d'un singe et l'amant d'une guenon et je terminai par une jeune puma que n'avait mie anthropomorphosé le bistouri du docteur Moreau. Ce néanmoins il n'entrait dans les conseils de la Providence que plus avant je m'embourbâsse dans le palus où je croupissais. Ravir à mon visage une damnable beauté fut le biais qu'elle prit de me ravir moi-même à la damnation. Comme je m'installais à Rio-de-Janeiro une épidémie de variole s'abattit sur la ville et des premières le fléau callanérétique m'élut au nombre de ses holocaustes. Je guéris, mais si défigurée qu'au prospect de mon reflet en un miroir, je pensai mourir de dégoût et d'effroi. C'est où m'attendait la céleste miséricorde pour me guider vers la résipiscence. Au faîte de la disgrâce la grâce me toucha : l'horreur de mes traits m'inspirant celle de mes prévarications, je battis ma coulpe et sans retour délibérai de renoncer au siècle. Moins dégoûté que les terrestres le céleste pacha ne repoussa de ses harems une sultane grêlée. Sous les pieux ciseaux des carmélites le sinople de mes cheveux elpidochrômes joncha les dalles conventuelles, des bandelettes opprimèrent l'indécent orgueil de ma poitrine et, moi aussi, je ceignis une ceinture, ceinture de fer aux pointes acérées. Les haires, les flagellations et les jeûnes, c'est à de tels intercesseurs que mon repentir fia le soin d'obtenir mon pardon. Rose de Lima, Colette de Corbie, Lydwine de Schiedam et toi, toi, surtout, ma patronne et ma mère, Térèse d'Avila, je vous atteste ici ; répondez, répondez, laquelle — oh ! laquelle ? — de vos macérations n'ai-je pratiqué jusqu'à la frénésie ? Non plus les disciplines trop clémentes, mais les nerfs de bœuf et les verges spicifères, les fouets de cuir et les martinets à balles de plomb déchirèrent ma peau, s'envermillonnèrent de mon sang, m'écorchèrent toute vive. Mendiant la souffrance aux pires tortures je m'agenouillai sur des herses, courus sur des tessons et des lames d'acier ; quarante jours et quarante nuits au saint temps du carême, dépouillée de mes vêtements, un poids de douze livres à chacun de mes pieds je restai suspendue à l'arceau d'une crypte ; de longues épingles entrèrent jusqu'à la tête sous l'ongle de mes orteils et non contente de mêler au pain gâté, seule nourriture que j'admîsse, les déjections d'un mésiaud, je m'interdis, pour étancher ma soif, aucune autre boisson que l'urine des porcs. Hier, enfin, j'imaginai d'enfoncer un pseudo-phallus empli d'huile bouillante en celui de mes organes qui plus grièvement avait démérité ; c'en était trop : j'expirai dans les affres délicieuses de la mort exquise et dus comparoir au tribunal du juge à qui rien n'est caché. Ma pénitence rachetant mes iniquités, je m'en tire avec huit siècles de Purgatoire (quelque chose comme huit jours de prison devant vos tribunaux correctionnels). Mais avant même que de me plonger dans les flammes propitiatoires le dispositif du jugement ordonne que je vous restitue un bien de tous les temporels le plus précieux pour vous. » . . . . . . . . . . . . .

Alors, ô vous qui me lisez, apprenez ce que vit, apprenez ce qu'entendit, non point halluciné, mais sain d'esprit, non point en songe, mais éveillé, le héros de cette incroyable et véridique histoire. Eberlué, cette fois ou (comme on dit maintenant à l'Académie française), totalement *épaté* de ses yeux, il vit l'ombre se baisser jusqu'à lui, de ses oreilles il entendit l'ombre susurrer quatre mots d'un langage inconnu, cependant qu'avec un bruit métallique une clef minuscule tombait à ses pieds !!!!

## VIII

...Une de nos plus doctes faiseuses d'anges prodigue depuis quelques semaines des soins éclairés à la baronne de Flambergeac, qui redoute pour la sveltesse de sa taille les suites possibles d'une grossesse.

# LE TOMBEAU VIVANT

# LE TOMBEAU VIVANT

*Ætiopes maculant orbem tenebrisque figurant*
*Per fuscas hominum gentes.*

MANILIUS (*Astronomicon*).

*L'Éternel lui-même a voulu*
*Imprimer à la mort un caractère auguste,*
*Et la tombe de l'homme juste*
*Toujours rappelle à la vertu.*

ARDANT aîné.

Dans ma carrière déjà longue j'ai rencontré, certes, de bien remarquables domestiques nègres, mais je ne crois pas avoir rencontré un domestique nègre aussi remarquable que le domestique nègre du Président Kammer (1) (Léon pour son Ange gardien). Ce domestique nègre n'était pas blond comme cette flave moricaude que l'auteur de ces lignes choie d'une paternelle et singulière dilection ; il n'avait mie impétré le prix Goncourt à l'exemple de ce M. Batouala, ténébreux auteur de *René Maran* ; mais *remarquable* il s'affirmait tel :

1° *Par le nombre de ses pieds* dont il possédait 8 : 2 pour pédambuler et 6 de haut ;

2° Par le *nombre encore de ses saints patrons*, lequel nombre égalait celui des lettres alphabétiques, soit 25 ou même 26 en comptant l'exotique W. Il se prénommait :

---

(1) Que *présidait* au juste le Président Kammer, tribunal, Cour d'appel, ligue de quelque chose ou simplement république, c'est ce que nous n'avons pu éclaircir jusqu'aujourd'hui.

(*Note de l'auteur*).

LISTE COMPLÈTE ET AUTHENTIQUE DES PRÉNOMS AFFÉRENTS AU REMARQUABLE DOMESTIQUE NÈGRE *du Président Kammer* :

ANSELME
BABOLAIN
CASIMIR
DOSITHÉE
EUGÈNE
FRUCTUEUX
GASILIDIUS
HORACE
ISIDORE
JOSEPH
KLEBER
LAURENT
MATHATIAS
NÉPOMUCÈNE
OSCAR
PANCRAS
QUENTIN
RIGOBERT
SOSTHÈNE
THÉODORE
URBAIN
XAVIER
YVON
ZÉPHIRIN

et enfin WLADIMIR pour l'exotique *W*.

3° Par la coloration de sa peau : *noire* bien entendu comme il convient à tout nègre digne de ce nom, mais de quel noir ! Point du tout ne voyait-on Anselme-Babolain (*etc.*), déshonoré de ces reflets rougeâtres, verdâtres, olivâtres qui communiquent à trop de ses congénères je ne sais quel aspect de réglisse trop sucée, de chapeau trop brossé, de redingote trop portée ; non ! le remarquable domestique nègre du président Kammer arborait un épiderme noir d'un NOIR intransigeant et absolu, éperdument NOIR, pour tout dire et dire tout *remarquablement* NOIR. Oh ! je n'hésite pas à le proclamer, le jour où le Démiurge distilla le *pigmentum* de ce remarquable domestique nègre, ce jour-là, le Démiurge put se flatter d'avoir dégotté les Antoine, les Mathieu-Plessis, les Gardot et autres Petites-vertus (soit constaté sans vouloir rabaisser l'industrie encrière française, laquelle a droit au respect de tout véritable patriote ;

4° *Par sa livrée...* en effet Anselme-Babolain (etc.), ne portait aucune livrée et même ne revêtait aucun costume d'où il serait d'ailleurs téméraire de déduire qu'il se montrât nu aux regards scandalisés d'une galerie pudibonde : Anselme-Babolain (*etc.*) ne s'exhibait *ni nu ni vêtu*, mais simplement *tatoué* et ce tatouage, on le présume, c'était un *remarquable tatouage*. En blanc sur le champ noir de la peau, dessinées d'une main experte et macabre (oh ! combien !) de la nuque au talon, de la clavicule au métatarse, des têtes de mort s'enlevaient sous-descendues de fémurs et de tibias en sautoir, alternées par endroit de larmes en forme de sangsues ou de points d'exclamation, cependant qu'une croix latine sanctifiait le sternum et qu'au-dessus du nombril les gens qui savaient lire pouvaient déchiffrer ces mots épitaphiques :

✝

*Cy-gît Arthur, enfant chéri !*

Et maintenant je te le demande, artophage de l'un ou l'autre sexe, qui désœuvré, parcours ces lignes immortelles (en rotant d'admiration si tu as de l'esprit, en haussant les épaules si tu es un imbécile), je te le demande, lorsque dans l'écrin des épithètes pour qualifier ce domestique nègre, j'ai choisi l'adjectif *remarquable*, n'ai-je point usé d'une humble *litote* plutôt que d'une ambitieuse hyperbole ?...

***

C'est un fait généralement connu que le deuxième jour de novembre reçoit le nom de Jour-des-Morts pour ce qu'à cette date précise les familles ont accoutumé à se ramentevoir leurs membres trépassés et volontiers font la partie d'aller humecter de quelques larmes les sépulchres pseudo-grecs, à peu près gothiques où médiocrement égyptiaques où se décomposent les ancêtres. A cette date aussi, l'inclyte Anselme-Babolain soulait apparaître impédimenté de toute une bimbeloterie aussi funèbre que d'un goût nidoreux : couronnes de filigranes, de jayet ou de gemmes en toc, feuillages de zinc, fleurs de celluloïd aux polychromies inattendues, exergues lamentant la tristesse des séparations, rassérénées de la croyance en la vie future et de l'indéfectible espoir de se retrouver un jour. Le tout attaché par un ingénieux système de ficelles le long du porteur qui manquait tomber à chaque pas, bringueballant avec le cliquetis d'un squelette balancé par le vent d'équinoxe, au bras d'une potence sur une plage déserte, par une nuit sans lune... Comparer la curiosité à une échelle, voilà sans doute une figure que bien des gens estimeront trop hardie, sinon totalement saugrenue et cependant il me faut l'écrire : j'avais scandé l'échelle de la curiosité jusqu'à son ultime échelon ! Obséquieux, la bouche en cœur, le sombrero à la dextre, j'osai m'approcher et formuler une requête à voix basse que le remarquable domestique nègre voulut bien accueillir d'un condescendant signe de tête éclairé d'un souris protecteur et hautainement gracieux. Quelques instants après nous nous juchions de conserve sur les tabourets toureiffelesques d'un bar célèbre par ses American Drinks. Nous absorbâmes douze gin-coktails et le remarquable domestique nègre trépudia la bamboula et le cake-walk, non sans brailler à pleine voix le *Yankee-Doddle* et le *Rule-Britannia* ; nous ingurgitâmes douze brandy-and-soda et le remarquable domestique nègre exalta tour à tour Victor Shœlcher, Toussaint Louverture et Mrs. Beecher-Stowe, après quoi il récita quelques pages choisies de la *Case de l'Oncle Tom*, chef-d'œuvre vieillot, mais immarcessible de ce « *blue-stocking* » vénéré ; nous nous introduisîmes dans l'économie douze irish-wisky et le remarquable domestique nègre enfin théraména le récit que je vais compendieusement translater pour vous en un français approximatif.

*
* *

Avant que d'être veuf le Président Kammer (comme beaucoup de veufs) avait été marié, il avait même été père... je me trompe, il n'avait pas été père... il avait failli être père... il avait été père sans l'être... Peut-être quelques éclaircissements ne sembleront-ils pas tout à fait superflus ; voici, enceinte de trois mois (environ) Mme Kammer, au détour d'une rue soudain rencontrait M. Frédéric M..... (1), l'horrifique et perpétuel secrétaire de l'Académie française. La présence inopinée du farouche immortel produisit l'effet qu'on en pouvait redouter : de sa gorge l'aspirante mère laissait échapper un cri de terreur et de son utérus le précieux fardeau que lui confia par une nuit conjugale l'espoir de son époux. Le lendemain, l'infortuné Président mettait sa femme dans la bière et son enfant dans l'alcool. En un bocal de la Mère Moreau le fruit d'un chaste et malheureux amour remplaçait les fruits confits savourés en des jours moins luctueux. Tout à sa douleur, le déplorable pseudo-père négligeait même d'enlever l'étiquette :

CHINOIS A L'EAU-DE-VIE

*Qualité supérieure*

(1) *L'éminent historien dont il s'agit est décédé pendant l'impression de ce volume.* (Note de l'auteur).

Epitaphe mensongère qui attribuait au pauvre enfant avec une nationalité qui n'était pas la sienne des qualités qu'une mort plus que prématurée ne lui avait guère permis de manifester à ses contemporains ! La désolation du veuf apède atteignit même à ce degré de dysthimie de ne tolérer autour de soi que des objets en deuil : acajous aimés de la bourgeoisie, palixandres chers aux classes moyennes, irréels vieux chênes, apocryphes noyers cirés sculptés au faubourg Saint-Antoine, et vous, damas de laine rouges, utrecht jaunes, cretonnes à fleurs, prédilections du tiers-état, sur la nuque suante des Arvernes, sur le dos courbé des Allobroges, voire à l'intérieur des tapissières capitonnées, vous émigrâtes à l'Hôtel Drouot et dans la chambre présidentielle, dans les salons présidentiels, dans le cabinet présidentiel, seuls maintenant despotiques et latébreux, tels des potentats Africains régnèrent le velours noir et le poirier noirci, succédané de l'ébène pour les castes parcimonieuses. Impitoyablement congédiés, les valets de race blanche cédèrent la place à l'unique Anselme-Babolain (*etc.*) que la nature prévoyante avait teint d'une couleur congruente aux idées de son maître. Zélé, respectueux, habile à vernir les chaussures, périt à ne briser les porcelaines cet atramenteux maître Jacques eût réalisé sans doute le paradygme des serviteurs :

*Seulement pour l'*alcool *un peu trop de faiblesse*
*De ces vertus en lui ravalait la noblesse.*

Mais ici le drame se précipite et (pour vous en rendre plus saisissantes les étranges, bien que très simples péripéties) je demande licence de narrer au présent de l'indicatif selon le mode des poètes épiques et de cet exquis Paul de Kock, notre véritable (quoi qu'on die) romancier national. Oyez : rangeant une armoire le remarquable domestique nègre découvre le bocal encore illustré de la fameuse étiquette : *Chinois à l'eau-de vie...*, etc. ; cédant à sa dipsomanie le dit remarquable nègre boit l'esprit-de-vin et croque le Chinois, *le prétendu Chinois*, *le soi-disant* Chinois qui... Arrête, ah ! par pitié pour toi-même, arrête, remarquable, mais trop goulu domestique nègre, arrête Anselme, arrête Babolain ! Ce n'est pas un Chinois, c'est le marmot que tu vas croquer ! Et quel marmot ! Le plus stulte de mes lecteurs, la plus bécasse, la plus sthruthoïde de mes lectrices l'a déjà deviné : le *prétendu Chinois*, c'est Arthur, Arthur lui-même ! Arthur, le fœtus bien-aimé, Arthur momifié, ridé, ratatiné par dix ans de séjour dans le liquide conservateur ! *Quid multa ?* les plus impérieux émétiques, les plus irrésistibles ipécacuanhas, et les laxatifs et les drastiques et les cathartiques demeurent inaptes à provoquer une évacuation, soit par l'orifice d'en haut, soit par l'orifice d'en bas. Non moins rapiat que l'Achéron l'intestin refuse de lâcher sa proie.

— « Et maintenant, conclut le remarquable domestique nègre, en portant à ses lèvres lippues un trente-deuxième gin-gingebeer, maintenant je cumule auprès de mon maître deux fonctions bien différentes : je suis son larbin et le tombeau de son enfant ! »...

...Il dit et procomba sur le sol : le remarquable domestique nègre était remarquablement soûl !

# DE LA PEINE DE MORT
# AU POINT DE VUE FINANCIER

*(Pétition aux deux chambres)*

## DE LA PEINE DE MORT AU POINT DE VUE FINANCIER

*(Pétition aux deux Chambres).*

> *Le XX^e^ siècle ne se permettra plus ces dépenses de luxe.*
>
> VICTOR HUGO (*Paris*).

Messieurs les Sénateurs,
Messieurs les Députés,

La question sur laquelle j'assume la témérité d'incliner, un instant, l'attention de Vos Seigneuries parlementaires, si elle s'impose entre les plus urgentes qui puissent requérir l'examen de l'économiste et du criminaliste nullement, par contre ne la saurais-je (sans une ironie un peu déplacée) qualifier de *vitale* puisqu'il s'agit de la peine de mort. Oh ! rassurez-vous, de grâce, ne redoutez de moi ni théorie philosophique ni dithyrambes humanitaires. Avec Montesquieu, Rousseau, Mably, Hegel, Joseph de Maistre devons-nous reconnaître ou bien avec Beccaria, la Mennais, Victor Hugo, Michelet et ce bon monsieur de Robespierre devons-nous refuser à la Société le droit de châtier le crime en supprimant le criminel ? tel n'est point le problème dont je veux, avec vous, chercher la solution. C'est à un point de vue moins élevé peut-être, plus pratique et plus neuf à coup sûr, au point de vue *économique* et *financier* que j'entends me placer aujourd'hui. Et quelle autre préoccupation que budgétaire pourrait angoisser le patriote à cette heure anxieuse où la France triomphante et meurtrie se demande avec inquiétude si elle peut vraiment, selon le mot célèbre, se proclamer encore assez riche pour payer sa gloire ?

*
* *

Messieurs, la Peine capitale, telle qu'elle est appliquée de nos jours, constitue, à ne vous rien céler, une de ces insitutions que l'épithète de *dispendieuse* haussée encore au suprême degré du superlatif me paraît seule idoine à spécifier congruement : honoraires de M. Deibler et de ses dévoués collaborateurs, — indemnités à iceux payées pour chaque exécution nouvelle, — logement, entretien, réparations des bois et du coupe-ret, — coûts de voyage et de transport en cas de tournée en province, additionnez tout cela, Messieurs, au total obtenu joignez ces dépenses qui, pour être cataloguées « *faux frais* » n'en demeurent pas moins, hélas ! trop véritables, et vous demeurerez d'accord que si la *Veuve* coupe les têtes, elle coûte aussi les yeux de la tête et peut être même répéterez-vous en souriant la boutade de cet humoriste qui évaluait un *bourreau* presqu'aussi cher qu'un *Bouguereau* ? Et ces frais encore à qui, je vous prie, vont-ils incomber ? Au supplicié ? Sans doute la partie qui succombe est condamnée aux dépens et certes le guillotiné me paraît investi de tous les droits au titre (si j'ose m'exprimer ainsi) de partie succombante ? Mais enfin prendre à un homme tout à la fois sa tête et son argent, votre délicatesse, Messieurs, n'aperçoit-elle pas là quelque chose d'excessif, dérogation flagrante à ce principe de toute législation civilisée : *non bis in idem ?* D'ailleurs, il sied le constater bien haut, à la louange de ces classes dirigeantes quotidiennement vilipendées par les calomnies sans fondements d'une démagogie sans pudeur, l'assassinat jusqu'aujourd'hui ne recrute guère ses adeptes que dans les couches profondes de l'ochlocratie besogneuse et je n'appréhenderai m'entendre démentir par les plus éhontés de nos modernes Cléons bolchevistes, si j'ose affirmer qu'on a vu rarement le banquier ploutocrate, le propriétaire foncier, le bourgeois bien renté, le boutiquier à l'aise faire suer le chêne sur le grand trimard, exécuter à la brune le coup du père

François, dégringoler le pante au coin des rues nocturnes : à la Férocité le meurtrier pour l'ordinaire ne craint pas de joindre l'Insolvabilité ! Dès lors qui *écope ?* (passez-moi l'expression triviale, mais si parisienne !) qui *casque ?* (permettez-moi le terme argotique, mais si expressif ?) Ah ! vous m'avez déjà répondu ! qui casque ? qui écope ? le contribuable, Messieurs, le contribuable, c'est-à-dire la Société tout entière, frappée hier en l'un de ses membres, aujourd'hui lésée dans ses finances, victime, par une étrange anomalie et du crime et du châtiment ! Enoncer de pareils faits, n'est-ce pas en dénoncer l'abus ? Déjà laïc et obligatoire il urge et congrue que le supplice devienne aussi gratuit ! Gratuit ? ce n'est pas assez ! je le veux productif ! La peine capitale, source présentement de ruine et de dilapidation, j'entends la métamorphoser en une fontaine de recettes budgétaires, je la veux génératrice de richesse publique et de prospérité nationale. Pour cela que faut-il ? Tout simplement abandonner pour la vieille potence de nos pères la redoutable et coûteuse filleule du docteur Guillotin, à l'actuel article 12 de notre Code pénal : « *Le condamné à mort a la tête tranchée* », substituer cette rédaction nouvelle : « *Le condamné à mort est pendu par le col.* »

Elucidons !!!

*
* *

Entre tous les avatars de la superstition, ce monstre protéiforme qui, même en un siècle de lumière et de raison émancipée, trop souvent jette encore sur le railway du progrès la pierre d'achoppement de la routine et des vieux systèmes, je n'en sais aucun plus vivace et plus cosmopolite que la croyance aux effets bénéfiques de la *corde de pendu !* Paradoxe déconcertant ! de l'Ouest à l'Orient, du Sud au Septentrion, de Bourgogne en Vendée, de Flandres en Béarn, de Bretagne en Provence, dans les cités et dans les villages, dans les hameaux et dans les métropoles, tandis que la Science Expérimentale enfonce au cœur des dogmes et des métaphysiques le double et létifère poignard de l'analyse et du libre-examen, cette foi permanc absurde mais indéracinable, inepte et d'autant plus immortelle et tandis que sous le genou vainqueur du positivisme agonisent les Dieux, inébranlable idole, fétiche pérennel, la *corde de pendu* ne connaît point d'athées. Le Parisien qui la vante n'apprend rien au Provincial : un bout de la bienheureuse ficelle cousu dans son *noroît* et le pêcheur d'Islande affronte en souriant les brumes de Thulé, quatre brins de chanvre béni dans la poche de son smocking et le clubman s'assied impavide à la table de pocker ou de baccarat escomptant avec le sourire l'inévitable *full* ou le *neuf* obligé. Que dis-je ? n'a-t-on pas vu d'avides héritiers infliger une mort verticale à un *de cujus* macrobite et se disputer ensuite la cravate homicide en fredonnant peut-être le macabre et joyeux refrain de Mac-Nab :

*Partageons-nous toujours la corde*
*C'est du bonheur pour la maison (bis).*

Dès lors mon projet n'apparaît-il dans toute sa simplicité (sa géniale simplicité, formulerais-je si la modestie ne me devait interdire une si ambitieuse expression) ?

PENDEZ LE CONDAMNÉ
VENDEZ LA HART.

Choisissez-la, cette hart aussi longue, détaillez-la en fragments aussi petits qu'il vous plaira et si vous fixez à cent francs le prix du millimètre, les chalands ne manqueront à marchandise mais la marchandise aux chalands.

Les frais ? supprimés, Messieurs, supprimés (si j'ose en un sujet si grave une plaisanterie facile) presqu'aussi radicalement que le patient lui-même ! Les appointements de M. Deibler ? la vente d'une seule corde les paye cinq ou six fois ; l'instrument de supplice ? plus de machine coûteuse à loger, coûteuse à réparer, coûteuse à transporter : deux madriers d'inégale longueur disposés en forme de 7 et que relie une troisième poutre ; à la campagne, le premier rouvre ou le premier hêtre venu ! Actif incalculable, passif nul, voilà le bilan, citoyens sénateurs, voilà le bilan, citoyens députés ! Par les jours difficiles, quand l'affreux déficit se dresse aux regards de nos argentiers épouvantés, eh ! bien ! que notre police et nos parquets, nos juges d'instruction et nos cours redoublent de vigilance et de sévérité ; que nos jurés se fassent un devoir civique de multiplier les verdicts affirmatifs, d'écarter inexorablement les circonstances atténuantes ; que le Chef de l'État lui-même, sourd à la suasion d'une malsaine philanthropie, d'un anti-social humanitarisme, accueille par une fin de non-recevoir tout recours en grâce, repousse énergiquement toute commutation de peine et sans emprunts aventureux, sans prélèvement spoliateur, sans vectigalisme forcené, sans taxe démagogique, le gibet, le gibet à lui seul aura tôt fait d'exorciser le spectre hideux de la banqueroute imminente et bientôt nous pourrons fièrement relever ce titre de banquiers du monde que depuis la victoire nous échangeâmes — ironique destin ! — pour l'humiliant éponyme de nation assistée.

*
* *

Et maintenant, Messieurs, me sera-t-il loisible d'adresser à votre cœur un vibrant et dernier appel ? mieux que moi vous le savez, ni des bureaux de tabac, ni des recettes buralistes, ni des sous-préfectures, le nombre n'égale celui des astres au firmament, des tavelures sur la peau du caméléopard ou des solécismes dans la prose d'Henri Bordeaux. Aussi que de dévouements sans récompense ! Que de fois, la mort dans l'âme, ne vous a-t-il pas fallu d'un banal ruban vert ou violet, d'une promesse illusoire ou d'un simple « grand merci », paraguanter l'électeur influent, le disert gazetier dont l'active propagande, le scrutateur ingénieux dont la civique prestidigitation, le grattoir officieux, la sandaraque intelligente avaient en prévenant les caprices du suffrage universel ou en corrigeant le hasard du scrutin, assuré à la bonne cause que vous représentiez le succès d'une élection problématique ? Ami d'hier, mécontent d'aujourd'hui, ennemi de demain ! Ah ! remerciez-moi, Messieurs, je vous apporte le moyen de n'être plus ingrats : sur le modèle des bureaux de tabac qui vous empêche de créer des « *Bureaux de corde de pendu ?* » et ceux d'entre vos partisans que votre crédit en fera titulaires, ceux-là n'auront pas reçu la moins précieuse marque de votre gratitude.

Je n'ajouterai qu'un mot : en l'adolescence du siècle XIXe, le grand peintre Prud'hon nous montrait en une saisissante allégorie « *La Justice et le Remords poursuivant le Crime* ». Quel pendant, s'il vivait, le peintre de Joséphine ne pourrait-il donner à ce chef-d'œuvre, sous ce titre un peu long, mais significatif : « *L'Ignorance et la Crédulité payant à l'ordre social les frais et loyaux coûts de la Vindicte Publique* ? »

J'ai l'honneur d'être, avec le plus profond respect, Messieurs les Sénateurs, la plus entière vérécondie, Messieurs les Députés, de vos Majestés républicaines, le très humble, très obéissant, très dévoué serviteur, électeur et sujet.

Georges Fourest.

# LA DERNIÈRE CONFESSION

## LA DERNIERE CONFESSION

*Si iniquitates observaris, domine domine, quis sustinebit.*

(*Psaume* 129).

Demeuré seul avec l'aumônier de la prison, l'homme qu'on allait trancher, quant à la tête, récita le *Confiteor*, puis humblement : « Mon père, implora-t-il, bénissez-moi parce que j'ai péché ! Je m'accuse d'avoir menti : je ne suis pas l'assassin de la veuve Branchu ! » . . . . . . . . . . . . .
et comme le prêtre ne pouvait réprimer un mouvement de stupeur et de doute : « Mon père, reprit le condamné, je dois, ce matin, subir la délicate opération de la céphalo-

tomie. D'ici vous pouvez ouïr le murmure d'un public impatient du spectacle, car la clinique de M. Deibler ne paraît guère moins suivie qu'en des jours périmés celle de feu le docteur Doyen. Or, si l'exactitude est la politesse des rois, je la tiens celle aussi des condamnés à mort. Je vous serais donc obligé, s'il vous plaisait m'entendre sans nulle interruption. Je le répète : *je ne suis pas l'assassin de la veuve Branchu* : ce crime dont je revendiquai l'imputabilité et la responsabilité quand nul ne songeait à m'en supposer l'auteur, ce crime, encore une fois, je ne l'ai pas commis. Quels mobiles me propulsèrent à une détermination si peu solite, c'est ce dont j'aurai l'honneur de vous instruire si vous condescendez à me prêter pour quelques minutes une oreille attentive. »

— « Mon fils, accéda l'ecclésiastique, je vous en prêterai deux... non sans intérêt. »

La politesse l'ayant incité à sourire de ce loqueteux calembour :

— « J'avais, poursuivit le futur guillotiné, j'avais résolu de mourir. Certes, le cruel accipître qu'on nomme le malheur n'avait, dans ma chair, plus cruellement qu'en celle des autres hommes, enfoncé ses griffes et son rostre et cependant j'avais résolu de mourir ! Oh ! je vous en conjure dans le pénitent qui s'agenouille à vos pieds, ne voyez, ô mon père, ni un Werther ni un Obermann, moins encore un de ces pessimistes, pédantesques disciples de Schopenhauer ou de Leopardi, de Bansen ou de Hartmann dont la désespérance philosophâtre aveulit aux jours du symbolisme la littérature tout entière. Non ! si comme Faust avant d'entrer chez Marguerite, je m'arrêtais pâle d'effroi au seuil de la vie, c'est qu'elle m'apparaissait, cette vie, le vestibule même de l'Enfer ou plutôt l'anguste, squalide et latébreux corridor par où les humains progressent vers leur damnation. Ce n'est pas mon dessein d'examiner ici l'angoissante question du grand ou du petit nombre des élus, moins encore de donner à ce redoutable problème la solution terrible qu'une dialectique, trop rigoureuse peut-être, dictait jadis à un Tertullien, puis à un Massillon. Mais enfin qui donc parmi les hoirs du couple édénicole se peut flatter d'éviter toujours le contact infectieux du péché mortel ? Et si la main osseuse de la Camarde s'abbat sur notre épaule, premier que nous n'ayons appliqué sur le chancre purulent de notre conscience, le pansement anti-septique de la pénitence, pouvons douter que pour jamais notre âme devienne la répugnante proie de l'archange cathactonien ? « *A chaque heure où je vis*, gémit sainte Thérèse, *je peux perdre Dieu !* » et quand l'horloge sonnait, elle se réjouissait pour ce qu'un instant de péril était écoulé. Dès lors quel Chrétien refuserait de s'adroger cette opinion constante de l'Eglise qui tient préférés du Très-Haut les catéchumènes libérés de l'existence au sortir du baptême ?

*Car si de faire bien ils n'eurent pas l'espace* (1)
*Ils n'eurent pas le temps de faire mal aussi.*

Pour moi « *je portais envie* », non seulement

(1) Malherbe, (*Les Larmes de saint Pierre.*)

à cette « *troupe innocente* », mais à ces âmes mêmes, à ces âmes dolentes pour qui s'élève à toute heure l'oraison des fidèles : les âmes du Purgatoire. Car au milieu de ses tourments l'Ame du Purgatoire tient ce bien suprême imparti : la *certitude* d'être sauvée, la *certitude* de ne pécher plus : « *Sciunt nunquam se Deum blasphematuras, nec odio habituras, ac proinde nunquam in infernum mittendas* » (1). Par cela seul qu'elle arde dans les flammes propitiatrices, elle sait, la pauvre âme, qu'irrévocablement elle échappe aux flammes éternelles. Beaucoup d'appelés et peu d'élus parmi les membres de l'Eglise militante ; pas un membre de l'Eglise souffrante qui ne le doive un jour devenir de l'Eglise triomphante ! Sauvé ! on est sauvé ! ô bonheur des âmes qui brûlent en Purgatoire !

***

Du reste en nous embastillant dans la chartre de la vie, l'Omnipotent nous a donné

(1) Bellarmin, (*De purgatorio*, II, cap. iv.)

le pouvoir, mais tout ensemble refusé le droit de nous en évader : le suicide est la clef de la geôle toujours à notre portée, mais l'huis qu'ouvre cette clef donne de plein pied sur la Gehenne. A le bien prendre, même, le suicidé n'est-il pas de tous les pécheurs le plus irrémédiablement voué au dam sans espoir, puisque sa mort constitue l'acte même de sa prévarication ? Par contre, de ces mêmes pécheurs ne puis-je affirmer, sans tomber dans la mare du paradoxe, que le plus assuré de la récipiscence demeure l'Assassin, puisque si le bonheur lui échoit d'être pris, condamné, exécuté, seul l'Assassin peut se flatter avec certitude de voir à la seconde ultime un prêtre à ses côtés pour le bénir et l'absoudre ? La conduite, par conséquent, ne semblait douteuse que j'avais à tenir : tuer, me dénoncer, trouver dans l'échafaud le tremplin d'où je m'élancerais aux sommets paradisiaques. Mais la perte de mon prochain n'était pas un prix dont il me plût solder ma propre salvation. Or, le privilège du meurtrier ne compète point à ceux qu'il a férus :

duement réconciliés avec leur Créateur un Papavoine, un Lacenaire, un Troppmann, un Pranzini, un Gamahut sont assis maintenant à la table des élus ou par l'expiation se font dignes de s'y asseoir un jour. Mais leurs victimes inopinément fauchées au cours d'une vie coupable peut-être, peu évangélique dans tous les cas, sans frémir pouvons-nous supputer leur destinée posthume ? L'hostie qui devait tomber sous mes coups, je la voulais *en état de grâce*. C'est pourquoi, par un après-midi d'avril, dissimulant un couteau bien affilé, je m'acheminais vers l'église Saint-Sulpice. On était à la fin du Carême et l'imminence de Pâques courbait aux genoux des confesseurs le troupeau des fidèles. A peine je m'étais prosterné dans le chœur, une jeune fille sortait d'un confessional et après une brêve adoration se dirigeait vers la porte. Assurant mon *lingue* dans ma dextre je la suivis... Oh ! cette enfant ne saura jamais combien à cette heure la Mort a passé près d'elle... Comme un ange autrefois, celui d'Abraham, une pensée arrêta mon bras déjà levé : celle-ci quittait le saint tribunal, mais qui me prouvait qu'elle en sortît absoute ? Tant de confessions sacrilèges, hypocrites, tronquées par la mauvaise honte, ou bien dénuées de cette syndérèse, de ce ferme propos, de cette *attrition* qu'à défaut de la *contrition parfaite* agrée la Miséricorde infinie, mais sans laquelle l'aveu même sincère de nos fautes se réduit à un murmure inanement chuchoté ! O ma sœur pécheresse, toi que je destinais au Ciel comme moi-même si c'était dans le barathre que je t'allais précipiter ? Et laissant choir mon arme inutile je répétais les paroles désespérées que Salluste place dans la bouche d'Adherbal haranguant le Sénat : « *Neque vivere lubet, neque mori licet sine dedecore* »...

*
* *

Le soir tombait. Maintenant l'assourdissante bohédromie des camelots hurlant le titre des gazettes vespérales dilacérait le recueillement de l'heure crépusculaire. Or, j'acquis une de ces feuilles car « *en manchette* » fulguraient ces mots macrogrammatiques :

UN CRIME HORRIBLE A MÉNILMONTANT.

UNE VIEILLE FEMME ASSASSINÉE ET VIOLÉE

Banal et répugnant fait divers, mais qui peut-être m'apportait la délivrance...! Quel geste alors j'accomplis, comment je m'accusai, comment je me livrai, vous le savez, mon père, aussi bien que moi. J'ai affirmé l'avoir tuée, cette malheureuse que pour la première fois j'aperçus heurdrie et charognarde sur la dalle de pierre au jour sinistre et burlesque de la confrontation ; j'ai affirmé l'avoir violée, moi qui vais paraître devant mon Sauveur, puceau comme ses anges. Plus ingénieusement que d'autres leur innocence je tâchai de prouver ma culpabilité. Mais l'indulgence proverbiale, le niais sentimentalisme, la romantique sensiblerie, la veule pitié du jury séquanien n'allaient-ils pas me frustrer du couperet libérateur ? M'arrachant au baiser de la Veuve, les fâcheuses circonstances atténuantes n'allaient-elles me diriger vers le terrestre Shéol de la Guyane ou de la Calédonie ? Aussi mon attitude, comme je la sus composer insolente, arrogante, provocante ? quel hybristique sourire acétisa le cynisme des sarcasmes, uniques réponses que je daignâsse opposer à l'interrogât présidentiel !... Le diadème du succès ne faillit à de tels efforts : un verdict affirmatif... Mais que lantiponè-je à vous réciter des contingences dont vous êtes expert ? Souffrez que vous rendant grâces je vous restitue la double et attentive oreille que me prêta si longtemps votre obligeante courtoisie et vous plaise en retour despumer les paroles sacramentelles « *Sésame, ouvre-toi* » de la divine Hiérous-halaïm. Encore quelques instants et mon corps et mon chef divorcés, mais pourtant réunis dans la bière, gagneront ce *champ des navets* où Georges Fourest (1) élut jadis le

(1) *C'est moi-même, Messieurs, sans nulle vanité.*

(*Note de l'auteur*).

lieu de son sépulcre cependant que par vous abstergé de ses iniquaments terrestres jusqu'au prétoire de l'altissime, s'envolera mon être immatériel. Quelques années, quelques lustres, quelques chyliades d'épreuves satisfactoires et pour jamais, pour jamais, je possèderai Jésus !

*Qu'ils seront beaux les pieds de celui qui viendra*
*Pour me couper le cou !...* »

Terrifié, hors de lui, le sacerdote avait surgi :

— Je vais appeler... balbutia-t-il... je vais révéler... je vais dire...

Mais avec placidité le candidat à la guillotine :

— Mon père, fit-il observer, je vous ai parlé sous le sceau de la confession.

# ALBA

## OU LES PARTURITIONS D'UNE JEUNE MALTHUSIENNE

# ALBA

## OU LES PARTURITIONS D'UNE JEUNE MALTHUSIENNE

*Ubera fluitantia, uteros nauseantes et infantes pipiantes.*

TERTULLIEN.

Il était une fois (quand ? je n'en sais rien ! où ? que vous importe ?) une princesse qu'on vocitait la *Princesse Blanche*, sans doute parce qu'elle était négresse, fille du roi *Niger XXXV* de la sorte cognominé sans doute parce qu'Albinos et le premier de sa dynastie : sur toute figure de rhétorique l'antiphrase délecte les sujets de ce puissant monarque. Aucunes gens, d'ailleurs (ceux-là bien entendu que fuyaient de plus loin le dialecte aristotellique et le verbe Cicéronien) ne manquaient de dire « *le Roi Melas* » et la *Princesse Alba* et l'on nous orra, s'il vous plaît, à l'instar de ces personnes fabuler : un rien de pédantisme gâta-t-il jamais rien ?

*
* *

Un Roi comme tous les Rois, tel étiquetterons-nous le Roi Melas, un Roi, mon Dieu ! comme tous les Rois, un brave homme de Roi, un digne homme de Roi, constitutionnel comme le *Constitutionnel* et qui, parmi les Rois tiendrait sa place de Roi beaucoup plus près (ou je meure !) de Louis-Philippe, Roi des Français ou d'X, Roi d'Yvetot que de Sennachérib, Roi d'Assur ou d'Helagabalus, Empereur des Romains. Pour la Princesse, au risque, ennemi lecteur, de vous immerger dans un étonnement insondable et danaïdesque, je ne la saurais en conscience proclamer plus *belle que le jour* ni même autant, et, me dûssiez-vous tenir dénué de galanterie à l'égal d'un Huron, d'un Mohican, d'un Iroquois ou d'un Chicimecas, soucieux sur toute chose de ne m'exiler à l'antipode malsain de la vérité, je n'hésiterai, la dix-millionième partie du quart d'une seconde à vous confesser mon héroïne en toute sa noire personne la plus extraordinairement ordinaire petite personne que puisse imaginer votre imaginative. Ses mains *ordinaires* ne semblaient mie destinées à cueillir des corymbes liliaux en des pourpris de rêve, moins encore à tollir vers un ciel apothéotique le chef coupé d'un saint Jean-Baptiste ; ses pieds *ordinaires* lui servaient beaucoup plus à déambuler qu'à recevoir l'hommage des chevaliers énamourés ; enfin, sous l'arc gémeau de ses sourcils *ordinaires* coruscaient non pas ces yeux de brume et d'au delà chers aux poètes symbolistes en général et à M. Adolphe Retté en particulier, mais des yeux *ordinaires*, tout à fait *ordinaires*, surtout le gauche. Une particularité, néanmoins, ségrégeait notre infante, un goût (singulier peut-être) l'arrêtait au bord marécageux d'une vaseuse banalité : je veux dire une incoercible attirance, une irrésistible propension vers les plus ardues exégèses de l'Economie Politique. Silves romanes ou fabliaux de haulte gresse, lays mélancholieux des trouvères et des ménestrels, sonnets étincelants des Occitaniens troubadours, villanelles ou sirventes, ballades ou rothruenges, cependant que telles fades fadaises ne pouvaient que soulever en convulsions nauséiformes l'intellect écœuré de notre bachelette, on la vit, par contre, dès l'initial aurore de son adolescence ingurgiter d'un appétit boulimique les plus indigestes produits des Quesnay, des Mac-Culloch, des Bastiat, des J.-B. Say, leur préférant toutefois les doctrines anti-palingénésiques du célèbre Malthus qu'elle choyait d'une fanatique et spéciale dilection. A ne vous rien celer, je doute qu'en ces lointains jadis le célèbre Malthus eût parfourni son fameux *Essai sur le principe de la population*, et ce, pour le péremptoire motif que le célèbre Malthus n'était encore issu du ventre maternel et même ne gîtait en cet abdomen hospitalier, mais de la Fée, sa marraine la docte jouvencelle tenait ce don mirifique de connaître en leurs détails les œuvres de Messieurs les économistes plusieurs siècles avant que n'en parussent illustrés les catalogues de l'éditeur Guillaumin.

*
* *

Or, par certaine vesprée d'un rubescent octobre, sous les marmenteaux paternels cheminant Son Altesse négrillonne de la Cour entière concomitée, une vieille tout à coup s'objecta, — une sordide vieille, une squalide vieille, une turpide vieille, une tabide vieille, une gibbeuse vieille, une loqueteuse vieille, une édentée, roupieuse et marmiteuse vieille, décharnée concubine d'Astaroth et de Beelzebuth — qui tout d'abord s'enhardit à solliciter quelqu'aumône. A quoi l'économe petite économiste isnellement répliqua son escarcelle présentement exhauste de la moindre pécune, joignant qu'elle-même suivait la doctrine du sapientissime Ricardo lequel interdit, comme on sait, à ses disciples toute pratique éléémosinienne. Quémandeuse d'insister, et de geindre et de se douloir et d'alléguer sa pénurie et ses quinze enfants...

— Quinze enfants ! interrompit la Malthusienne pucelette. Eh ! qui donc, caduque et outrecuidée Gigogne, vous vint semondre d'en tant faire ?

— Eh ! bien à vous, hargna l'orde pauvresse tout incendiée d'une tysiphonienne iracondie, à vous moricaude impitoyable, je souhaite d'en avoir autant qu'il est de jours dans l'année.

Une générale explosion cachinatoire accueillit l'incongruité d'une pareille malédiction et, comme Phoibos, le Collignon divin ramenait aux écuries d'Occident ses canassons harassés ou, pour dépouiller ici les ornements désuets d'une mythologie obsoléte, comme le jour trépassait en l'agonie propérative d'un crépuscule automnal ou déjà voletaient les cheiroptères lucifuges et les vespertillions hémérophobes, la compagnie fit diligence vers le réfectoire où l'on soupa de fort bon appétit. Le loto et le nain jaune divertirent ensuite la noble société, sur quoi chacun alla cubilairement rejoindre une maîtresse, un amant, des punaises ou Morphée.

*
* *

Le lendemain, le Roi Niger en pantoufles et en robe de chambre lisait au coin du feu le *Convivium decem virginum* de Methodius, lorsqu'un chambellan, au mépris de l'étiquette, entra tout effaré :

— Sire ! Sire ! notre aimable dauphine (que Dieu protège !) vient de mettre au monde un enfant mâle d'une belle constitution !

— Ah ! Ah ! fit le Roi.

Et il reprit paisiblement sa lecture.

Le lendemain, le Roi Melas, en pantoufles et en robe de chambre, lisait au coin du feu le *De partu Virginis* de Sannazar, lorsqu'un deuxième chambellan, au mépris de l'étiquette, entra tout éberlué :

— Sire ! Sire ! notre vénuste archiduchesse (que Dieu garde !) vient de parturir une fille d'une belle constitution !

— Oh ! Oh ! fit le Roi.

Et il reprit paisiblement sa lecture.

Le lendemain, le Roi Niger-Melas en pantoufles et en robe de chambre, lisait au coin du feu le *Lucina sine concubitu* de Johnson, lorsqu'un troisième chambellan, au mépris de l'étiquette, entra tout ahuri :

— Sire ! Sire ! notre soëve porphyrogénète (que Dieu conduise !) vient de pondre un hermaphrodite d'une belle constitution !

— Tudieu ! fit le Roi.

...Et il reprit paisiblement sa lecture.

Et les jours succédaient aux jours, et les semaines succédaient aux semaines et les mois succédaient aux mois et toujours : « Sire ! un garçon ! » — « Sire ! une fille ! » — « Sire ! un hermaphrodite ! » Et le potentat répondait : « Ah ! Ah ! » et le potentat répondait : « Oh ! Oh ! » et le potentat répondait : « Tudieu ! » et peste ! et sapristi ! et nom d'un chien ! et nom d'une pipe ! et « nom d'un ornythorynque ! » et « nom d'un pétauriste ! » et tous les *noms* qu'il vous plaira, y compris le « nom d'un nom ! » le « sacré nom ! » et le « crénom ! »...

et l'obstétrique et la morale chancelaient sur leurs bases également ébranlées ;

et les thérapeutes stupides regardaient, bouche bée, les matrones ébaubies ;

et les marchands de layettes et les marchands de biberons entassaient en leurs locules de gaurisankaresques montjoies ;

et les dames d'honneur suffisaient à peine à bercer, moucher, fesser, torcher la marmaille qui vagissait, piaillait, pissait, morvait, fientait...

Contrairement, d'ailleurs, au précepte de la Genèse, l'intéressante parthénogène enfantait sans douleur et même on l'entendit murmurer : « Dieu ! que ça m'amuse ! » En revanche, Sa Majesté de père commençait à mariner dans la saumure de l'embêtement et ce débonnaire stéphanophore se voyait tout à l'heure à bout d'exclamations admiratives, lorsqu'un matin, en s'éveillant, il aperçut au pied de son lit, non pas un chambellan tout effaré, non pas un chambellan tout éberlué, non pas un chambellan tout ahuri, non, Mesdames ! non, Messieurs ! mais une belle dame qu'il n'eut pas de peine à reconnaître pour la marraine de sa prolifique héritière et qui lui tint à peu près ce langage :

— Faites trêve, Sire, à votre essoyne et à vos interjections. Par une méchante sorcière condamnée à un an de parturitions quotidiennes ma royale filleule arrive demain au terme de sa peine. Demain nous luira cet heureux jour qui doit éclairer le 365e et dernier accouchement de votre bien-aimée fille. Demain, la Princesse Alba (que Dieu sauve !) vous offrira votre 365e et dernier rejeton. *Dixi* !

— Eh ! bien ! remarqua tranquillement le Roi Melas en fourrant ses pieds royaux dans ses royales chaussettes, c'est encore de la veine que cette garce d'année ne soit pas bissextile !

Et il décida qu'on mettrait les garçons au

collège, les filles au couvent et les hermaphrodites dans des bocaux.

. . . . . . . . . . . . . . .

. . . . . . . . . . . . . . .

J'appréhende, lecteur malévole, que cette historiette (laquelle me fut contée par la baronne Brault quelques hebdomades avant sa dernière mésaventure) ne vous semble, au premier abord, un peu bébête et, au second, parfaitement idiote. Elle renferme pourtant un sens ésotérique que vous éluciderez avec un peu de travail si vous n'êtes pas trop bête. Les vingt premières personnes qui enverront à l'éditeur la solution juste, recevront par retour du courrier, six boîtes de sardines, une *dito* cirage surfin, cinq kanguroos vivants, les œuvres complètes de M. le vicomte d'Avenel (30 vol. in-8°) et le portrait de M. de Max en photo miniature..... Qu'on se le dise !!!

FIN

# TABLE

# TABLE DES MATIÈRES



## ERRATA

*Errare humanum est*
(CHŒUR DES TYPOS)

Page 65 au lieu de *strumpat* lire *strumpet*,
— 67 — ικετευει lire ικετευέι
— 83 — *une jeune puma* lire *un jeune puma*.
— 85 — *spicifère* lire *spinifère*.
— 113 — *de* lire *du*
— 137 — *Chicimecas* lire *Chichimecas*.

Pour toutes les autres *coquilles* qui auraient pu nous échapper Messieurs les lecteurs et Mesdames les lectrices voudront bien rectifier eux-mêmes et recevoir de ce chef
nos
très humbles remerciements

*ACHEVÉ D'IMPRIMER*
le dix-neuf mai 1923, par
BUSSIÈRE
A SAINT-AMAND (CHER)
pour le compte de
A. MESSEIN
*éditeur*
19, QUAI SAINT-MICHEL, 19
PARIS (Ve)

www.ingramcontent.com/pod-product-compliance
Ingram Content Group UK Ltd.
Pitfield, Milton Keynes, MK11 3LW, UK
UKHW031905260826
14628UKWH00002B/997

9 782329 198842